水彩·四季

戴贤坤◎著

时代出版传媒股份有限公司
安徽文艺出版社

图书在版编目（CIP）数据

水彩·四季/戴贤坤著.—合肥：安徽文艺出版社,2023.3
（行走的徽州）
ISBN 978-7-5396-7395-0

Ⅰ.①水… Ⅱ.①戴… Ⅲ.①散文集－中国－当代 Ⅳ.①I267

中国版本图书馆 CIP 数据核字(2021)第 280617 号

出 版 人：姚　巍
责任编辑：张　磊　　汪爱武　　　　装帧设计：尹　晨

出版发行：安徽文艺出版社　　www.awpub.com
地　　址：合肥市翡翠路 1118 号　　邮政编码：230071
营 销 部：(0551)63533889
印　　制：安徽联众印刷有限公司　(0551)65661327

开本：700×1000　1/16　印张：13.25　字数：180 千字
版次：2023 年 3 月第 1 版
印次：2023 年 3 月第 1 次印刷
定价：66.00 元

（如发现印装质量问题，影响阅读，请与出版社联系调换）
版权所有，侵权必究

水彩·四季

目录

徽之魅 / 2

荆州往事 / 6

呈坎拾遗 / 11

一双会说话的眼睛 / 16

远山的呼唤 / 20

荒凉山乡的繁华景象 / 23

蔚然梯田 / 28

黄山上海茶林场纪事 / 31

行走长陔 / 35

正在消逝的徽州土坯房 / 39

章渡埠头 / 42

小屋印记 / 47

散落的辫发 / 50

寒露柿涩的时节 / 53

冬至鹤城 / 56

守候一片烟云 / 62

云上木梨 / 65

拾庭 / 68

永远的芳华 / 71

吾师黄山 / 75

原乡蓝田 / 78

香茶红颜 / 88

端午断想 / 91

大爱如山 / 93

歙之砚铭 / 98

尘封的记忆　/　102

砚山云意　/　106

砚界见尘　/　111

岁月墨痕　/　114

漆之品，甘而可　/　119

留青竹刻　/　124

洪波清流　/　128

唯墨识砚　/　132

长卷视界　/　137

一座名城的丰碑　/　142

喜欢黟县的十大理由　/　151

探寻徽州文化的精神之源　/　159

茶儿为什么这样红　/　172

春寒　/　177

谷雨话茶　/　181

记忆的味蕾　/　185

流年陈香　/　190

暮色中的工厂　/　194

洽舍问茶　/　198

新安源流　/　202

水彩·四季

徽之魅

在中国安徽的南部，有一个风光旖旎、景色迷人的地方，这就是徽州。1987年区划缩小，设立黄山市。徽州地域包括现在的黄山市（歙县、屯溪、休宁、黟县、祁门、黄山）和绩溪、旌德、宁国、石台以及江西婺源的部分地区。从地质学的角度来观察，这是一个大地构造单元，地质学家称之为"江南古陆"。从晚古生代开始，这里就处于海退环境，除局部地区在中生代有一些湖相沉积外，大部分地区一直处于抬升、风化、剥蚀状态，同时伴有花岗岩岩浆的侵入、中基性火山岩岩浆的喷发和第四纪冰川活动。多样的地质构造活动，给我们留下了丰富的地质遗迹、地质景观。以花岗岩峰林地质景观为代表的黄山已经成为世界地质公园，以丹霞地貌景观为特征的齐云山和以花岗岩峰丛地貌景观为特征的牯牛降已经成为中国国家地质公园。同时，由于地质演化时间长，这里也给我们留下了诸多疑问和谜团。

一、是碎片还是基石

20世纪80年代,曾参与大西洋考察的瑞士籍华人许靖华教授在考察徽州地质的时候就提出了这样的疑问。他发现在徽州休宁县一带有断续出露的一套晚古生代的地层,据此,他认为,这是典型的构造窗,而不是传统意义上的海峡沉积。他大胆地假设,在徽州地区存在一个大的逆掩断层,所有古老岩层都是从很远的地方平推而来的,那么这片古陆只是一块外来的古老碎片,覆盖在比它新的地层之上。他的这个超越时空的假说,到目前为止还无法去验证,或者说还不具备验证的能力和实力。

二、是"兄妹"还是"夫妻"

在徽州地区众多出露的花岗岩中,有一种十分奇特的现象:花岗岩的出露总是两个成分相近的岩体成对出现,从同位素年龄测定却是一个新一个老。一个易风化形成低缓的丘陵,一个耐风化形成陡峻的山峦,它们共同组成了美丽的自然景观。有的地质学家把这种现象称为"套叠式花岗岩侵入"。但关于这种现象的成因存在分歧——它们是同源的吗?有的人认为它们同为壳源物质,那么它们就是"兄妹"。有人认为一个是壳源,另一个

可能是幔源性物质,这样它们只能是"夫妻"关系。比如世界地质公园黄山是由黄山岩体和太平岩体组成的,在中国国家地质公园祁门牯牛降有大历山岩体和城安岩体,在绩溪清凉峰有桐坑岩体和伏岭岩体等。

三、是版型师还是雕塑家

地质学家李四光在20世纪40年代考察中国南方的庐山和黄山时指出,在第四纪更新世,这里曾发生冰川活动。庐山的第四纪冰川由于其地质遗迹特征的典型性及较高的研究程度而被专家认可,而黄山是否存在第四纪冰川一直是学术界争论的一个焦点。20世纪80年代,中国甘肃兰州冻土研究所在对黄山冰川进行研究后认为,黄山并不存在第四纪冰川,现在我们所见到的冰川现象的地质遗迹,他们都一一给了解答。比如,冰川擦痕可能就是岩石受挤压产生位移,岩石间相互摩擦而产生的;角峰、U形谷等,一般的流水地质作用也可能形成类似的地貌现象。由此我们得知,黄山、牯牛降这些奇峰怪石是第四纪冰川这位"雕塑师"雕刻而成的,是中生代燕山期花岗岩岩浆的侵入、上升奠定了它们的版型,而它们的壮美只是一般的流水地质作用和风化剥蚀作用形成的,与冰川地质作用毫无关系。

四、是自然之子还是命运之神

"一方水土养一方人",这是一句富有哲理的中国民间语言。从地球的演化、生物的繁衍、人类的历史长河来看,我们更能体会这句话的意义。在徽州这样一方小小的土地上,就产生了许许多多奇妙的自然和文化现象。这块土地上有世界自然和文化遗产、世界地质公园黄山,世界文化遗产黟县西递、宏村,国家地质公园、国家自然保护区牯牛降,有黄山毛峰、祁门红茶、太平猴魁这样一些品质独特的物种和物产;拥有在建筑、医学、艺术、哲学、营养学等领域独具特色的地域文化徽文化(徽派建筑、新安医学、新安画派、新安雕刻、徽剧、徽菜、程朱理学等)。然而,当我们从地质学角度审视这些现象的时候,我们惊奇地发现,所有的自然、物产、文化的产生无不与一定的地质活动有关。花岗岩的侵入、出露造就了徽州人间仙境的神话,黄山、祁门的牯牛降、绩溪的清凉峰、黟县的宏村,这些妙绝的自然风光无不在花岗岩中。而中生代的红色岩系在徽州则往往带有浓郁的宗教色彩,如花山谜窟、国家地质公园、道教圣地齐云山。因此,从这一现象上我们可以说,人是自然之子,一方水土养育了一方人、一方物种、一方文化。人类更多的只能是适应自然、尊重自然、认识自然,从而真正成为自然之子,而不能以命运之神自居,夸大人类的力量,违背自然规律,任意涂改我们的栖居地。

水彩·四季

荆州往事

　　随着年龄的增长，人们对于一些往事历历在目，难以忘怀，而对于新近发生的事情，却转身即忘，怎么也记不起来。有人说，这是一种人的老化现象。我觉得，这是一种成熟的标志，是一种选择性的记忆，也是一种价值观的归属。我就常常回想刚毕业从事野外地质工作时的一些事。

1982年，我们承接了1:50000绩溪、岛石坞、歙县、旌德四幅地质联测任务，这是一次对区域地质矿产的勘察。第一站，我们的大本营驻扎在荆州。荆州是绩溪最为闭塞的一个山乡，与浙江淳安岛石坞镇接壤。送我们到野外的卡车绕道岛石坞镇后便不能前行，我们只好背起行装徒步前往荆州。那时的荆州如同一座与世隔绝的孤岛，无论从哪儿进入，都要翻山越岭，跋涉二三十千米。乡里老人，有的一辈子也没有走出过大山，甚至连汽车也没见过。我们的到来对于他们来说，也是一件新鲜的事。

我被安排在村头的一户人家。房东是一对有两个孩子的壮年夫妇，大女儿高中毕业，在本村小学当一名民办教师，儿子正在上初中。我住在房东家的阁楼上，虽然低矮，倒还自由、清静。我们的到来，让这个叫"老屋下"的小村一下热闹起来。房东一家对我特别热情，从他们的眼神和谈吐可以感受到，他们待我这个陌生人如远方的亲戚。虽然语言不通，但他们的举手投足、面部表情的变化，让我有一种回家的感觉。从农村到城里上学，现在又来到农村这样的环境工作，对我来说，既熟悉又陌生，既苦恼又很亲切。

男主人不善言辞，每天带上竹筒饭去田野劳作。女主人在家操持家务——缝补浆洗，喂猪烧饭，把三开间的房屋收拾得干干净净，院落里种满各样时鲜的瓜果蔬菜，厨房特别卫生。后来我才知晓，绩溪最为讲究的是饮食，女人手巧不巧，全看你能不

能烧一桌好饭菜；才知晓绩溪县是全国徽厨之乡，是徽菜的发源地。或许这就是一种传统，一种受人尊重的方式，一种享受生活的理由。女主人特别会烙一种饼。这里的饼叫"挞粿"，皮非常薄，馅的种类非常多，据说它是欧洲比萨饼的前身，直至现在我都喜欢吃，香软可口，携带方便，营养全面，即使是水晶（肥肉）馅的也是肥而不腻。看我喜欢吃，女主人变换花样为我烙饼。我感到不好意思，有时会买点馒头、包子送给房东。记得一次我咽喉痛，房东一连几天烙鸡蛋饼让我吃。不知是这种土办法真的有效，还是房东那份亲情的作用，我奇迹般地好了。

一夜春雨，清晨，当我探头小窗外时，墙角几朵娇艳绚烂的花朵让我怦然心动。我从未在意过这丛牡丹，直至它们绽放，那种自然清新、多姿多彩的样子永远定格在我的记忆里。我不曾想到这个寂静清冷的山乡有如此热烈、鲜活、灿烂的景象，我不曾想到一个整日面朝黄土背朝天的庄户人有如此闲情雅致、爱美之心。在荆州的那段

日子，可以说是我精神生活的一次修行和享受。村头那巨大的圆盘水碓在潺潺流水的推动下吱吱呀呀一刻也不停息。牧归的老牛、放学的孩子、挑着沉重的担子迈着坚实脚步的庄户汉子……一切都不紧不慢、不急不躁。我从未见过房东夫妻俩红过脸、拌过嘴，也从未见他们训斥过孩子。他们总是相敬如宾，彬彬有礼。我想，或许这就是胡适先生在台湾生活那么多年，还一直怀念他的家乡的原因。"我从山中来，带着兰花草。种在小园中，希望花开早。"闲适恬淡的田园生活情趣、和睦礼让的乡间淳朴民风感染了我，也滋养了我。

荆州属于天目山脉的一部分，地质构造属于绩溪复背斜一翼，伏岭和桐坑花岗岩岩体的侵入破坏了这一褶皱的完整性，但也提高了成矿的概率。当年的胡家萤石矿给当地带来了丰厚的收入，胡家也因此建了一座电影院，当时这可是一份不小的资产。

从地貌上看，荆州属于高山型的山间盆地，这里土壤和气候条件特殊，适宜种植

水稻、油菜、豆类植物。山坡上种植茶树和山核桃，这是荆州最负盛名的经济作物。这里的气候要比外面晚一个月，真是"人间四月芳菲尽，山寺桃花始盛开"。说起山寺，荆州还真有一个，当地人称"小九华"。此地山溪环绕，风景秀丽。溪中有一巨石，状如弯弓大刀，号"关刀石"，令人望而生畏。一天傍晚，我从野外归来，路过小九华旁的一座小村庄，无意间，我恍然看到一弯新月高高地挂在天空，好美的一幅图画！我正遗憾忘了带相机，但定睛回望，原来新月就是关刀石，打开地图查看小村地名，果然验证了我的直觉，小村名"月形凸"。这样的象形地名，荆州还有一处，叫作"和尚岱"。塑性变形的震旦系皮园村组的硅质岩围成了一个环形的类似和尚化缘的口袋，既像一处破火山口，又像一座瓮城。浙江有几处名曰"石长城"的景观，也不过如此。

前几年，我带着怀旧的心情回到荆州，从磡头到荆州县乡的道路已经打通了。想当年，我们穿越荆磡岭、江南第一关、竹岭、松谷庵这些横亘在荆州通往绩溪内地的山岭，那份艰辛、那份探索，真的是一种精神财富。时光荏苒，人事与物事皆非，已经找不到那座我曾住过的老屋。问及乡亲，方知两个主人先后离世，当年已是民办教师的女儿嫁到外村去了，男孩也外出了。老宅上已盖起了新楼房。房东一家的影像依然清晰地印在我的脑海里，我永远感激，在我青春烦恼的时期，他们的关怀和爱护温暖着我、滋润着我，让我得以健康、愉快地成长。

呈坎拾遗

　　蛇年深秋的一个晌午，摄影师张建平陪朋友走进呈坎的一座老宅，他已记不清是第多少次来到这里了。老宅的主人是一位乡村的剃头匠，年逾古稀，头发全白了，腰也弯了，脸庞清瘦，但精神矍铄，依然可以看出这是一个少时家境殷实，靠手艺吃饭的人。和老人寒暄了几句，摄影师发现屋里好像少了一点什么。哦，一面镜子。它和理发椅、剃头刀是老人的三件宝。老人一脸的无奈和淡然，说卖了，一位外地游客看中买去了。这把椅子他也准备卖了。这几年，老人的生意清淡了——村里的年轻人外出打工，即便在村里的也上县城理发了，现在只有一些外地的摄影爱好者喜欢让老人理发。一座老房、一位老人、一把老式座椅、一个老行当，一幅多么美的图景！每当

看到这样的情景时,摄影师总感到一丝由衷的欣慰。听了老人的话,摄影师慌了。这是民国初年从德国进口的理发椅,是老人祖上从外地带回来的。"老人家,这把椅子你准备卖多少钱?""二百元。"摄影师摸摸口袋,一点现钱也没带,忙让呈坎景区的方总送钱过来。"老人家,我给你五百元钱,这椅子我买下了,但不拿走,放在你这儿,还是给你用。"张建平,自由职业者,以摄影为生。这几年他用相机捕捉和记录徽州地区即将逝去的景观和图像,新近出版了大型摄影图集《徽州》。他还远赴法国等地,举办了以徽州地区为题材的个人摄影展。

依然是这个深秋,一位文学爱好者走进了呈坎一家制作和销售毛豆腐的小吃店。小吃店是座老屋,临着街巷,店主是一对夫妻。文学爱好者要了一碟油煎的毛豆腐,蘸着辣酱,边吃边与店主攀谈起来。"徽州的毛豆腐和臭鳜鱼上了《舌尖上的中国》,呈坎的毛豆腐又是远近闻名,这样的作坊在村里有几家?""不瞒你说,现在就剩我一家了,每天供不应求。不是没人想赚这个钱,实在是太辛苦了。做毛豆腐就是在培

养一种对人体有益的菌苗，容不得半点马虎，对温度、湿度、时间、坯料质量的把握全凭经验，我老公每天凌晨三四点就要起床照看。我们现在特制了一个温房，一年四季都可以吃上毛豆腐了。"由毛豆腐我想到了许多有特色的徽州美食，臭豆腐、臭鳜鱼、火腿、烧饼、腌渍、红茶，这些美食凝结着世世代代徽州人技艺的精华，也包含着他们的辛勤劳作和聪明才智。

走出街巷，迎面就是环秀桥。今年一场突如其来的、百年一遇的洪水将环秀桥冲得只剩下两个孤零零的桥墩了，昔日环秀桥的古朴和精致一点都无法寻觅了，让人很是伤感。曾记得，每次来呈坎，我总是喜欢在桥上休息、张望，而今日，再次走近它时，它已成为一堆碎片。建于元代初年的环秀桥是连通河东溪东街与河西各主要街道的通道，整个桥面用10米长、0.4米宽的花岗岩条石铺就，下面是两个石桥墩。在桥西侧有个造型小巧优美、风格独特的木构亭，内有专供人休息的木质凳子，同时可坐在亭内观景。而今天，这样的"国宝"被损，让人心痛不已。为尽快恢复环秀桥，呈坎旅游开发公司专门请了北京古建筑专家来此考察，拿出重建方案，力图将环秀桥恢复如

初。北京的专家在考察完环秀桥后说，修复江南的民间文物还是第一次，没有十足的把握，还要请当地的老工匠、老石匠来共同探讨。这让我想起了刚才走过的呈坎的各条街巷，历史悠久的长春社、元代建筑罗会泰宅、"首善儒宗"官邸石牌坊门楼和须弥座、罗运松故居独木旋转楼梯、东舒祠的梁架彩绘以及众多的木雕、砖雕、石雕，这些古街巷、亭阁、楼台等都是经过千百年历史冲洗而留下来的，底蕴深厚，却很脆弱。

每个古村、古巷、古桥、古亭等都有其生命周期和文化脉络，这种生命和脉络融入我们生活的点滴中。如果一条空旷的古街没有了热闹的叫卖声，一座老宅没有了生活的气息，一座祠堂没有了对祖先的祭祀，只是一座孤寂的建筑，哪怕这个建筑再古老、再原始，修复得再好，也将失去它原有的文化意义。实际上，一切物事没有了历史的生活痕迹，就无法追溯曾经的灿烂和辉煌，就无法在优秀传统的基础上发展和创新，

更谈不上去挖掘它的内涵，弘扬它的精神……

走出呈坎，已是黄昏。上车前，我久久地注视着呈坎这个古老村落，突然间，我想起了环秀桥周边的那些碎片。那些十分零乱的碎片是我们穿越时空隧道的工具，通过这些碎片的拼接，可以再现逝去的图景。而这些碎片的拼接，不能只靠几个人、一帮人，而是要靠社会这个大家庭。如此，不管多久，我们都能看到一个个鲜活、立体、完整的历史遗存，听到一个个鲜活、动人的历史故事。

水彩·四季

一双会说话的眼睛

细雨霏霏的午后,我漫步在绩溪伏岭镇的街巷里。小镇特别地安静,让我若有所失。33年前,我曾在小镇逗留一段时日。那是20世纪80年代初期,作为地质队员,我们承担1:50000绩溪、岛石坞、歙县、旌德四幅地质联测任务,我几乎踏遍了这里的山山水水、沟沟坎坎。当时的情景如同刻在我的脑海里,任凭岁月打磨,依然留下

清晰的刻痕。

伏岭位于天目山的西麓，是绩溪东乡的一个中心大镇。从县城到仁里、瀛洲、龙川、北村、伏岭、胡家的这条县乡道，是当时最为富庶，也最为热闹的线路。伏岭也是徽州最负盛名的徽菜之乡，从清朝直至现在，邵氏家族祖传的烹饪技艺引领徽菜风骚数百年不衰。

老巷的路面多用麻石（花岗岩）和青石（变质岩）的卵石铺就，雨水打在有着岁月包浆的路面上，泛着迷人的光亮。老屋清一色用薄薄的、长方形的青砖砌成中空的斗子墙，泥浆勾勒的线条严丝合缝、横平竖直，不用任何颜料和灰泥粉饰，就像一位先生穿着一身笔挺的衣裳，显得特别有身份、有气质。顶盖用黑色的小瓦。最为讲究的是门面：门框和门槛用棱角分明的花岗岩条石，庄重大方，门窗的上方是浓墨重彩的地方，直至现在还保留许多"文革"时期的墙头画。守着老巷老屋的都是老人。我驻足在一幢精美的老宅前，与主人攀谈起来。"老人家，这房子特别漂亮，是你祖上留下的，还是在你手上盖的？""我是逍遥村的，这房是我从别人手上买下的。"说完，老人显得特别不好意思，好像我戳到了她的一个痛点。逍遥原来是一个乡所在地，地处大山深处，交通极为不便，能在山下住上这样的老房子，让人为她庆幸。隔壁一家是一对年过花甲的夫妇，午饭的时间已过，从厨房飘来的香味还是吸引了我。老大姐在焙豆沙馅，准备制作馃，知道我是故地重游，她特别地开心。她说，明天过节，要准备一些点心，等孩子们回来带到城里去。她的脸上洋溢着幸福的笑容。她执意让我尝尝她的手艺。我一边吃着香甜可口的豆沙馅，一边暗自思忖，明天是农历十月半，

水彩·四季

这是什么节日？尽管我生在农村，可从没听说过。回到家中上网搜了下，果真就是一个节日，叫"下元节"。原来我只知道上元节（元宵节）和中元节（鬼节），从未在意这个下元节。它其实也是一个祭祀祖先的日子，祈求解脱厄运。多好的一种愿望啊！

回想当年我住在当地的一户农民家里，女主人几乎每天都要做一种点心，当地人称"挞馃"，是一种面点，皮特别薄，馅很多。让我惊讶的是，她每天变着花样，能做几十种不同馅料的馃，有糖馅、荤馅、素馅，特别是素馅，用各种时令蔬菜或水发的干菜制作。有一种馃，名字特别好听叫"水晶馃"，吃了后才知道原来全是肥肉。做好的馃放在平底锅中焙烤，不放油，原汁原味，特别鲜美，房东经常让我品尝。我感到不好意思，便不时地从食堂买一些包子、馒头给他们。

民以食为天，不同的地域、不同的生活方式、不同的信仰，往往造就不同的饮食习惯。伏岭地处皖南山区，潮湿温暖的气候以及商品流通的不畅，使得这里的先民对食品的保存特别重视。对天地的敬畏、对祖先的崇敬，使得这里一年十二个月除了农历十一月没有节日，其他每个月都有节日。过节就要制作大量的祭祀天地、祖先的贡品，举行盛大的祭祀活动。因此，制作糕点、面点、菜肴便成了伏岭一带的百姓的拿手好戏，姑娘的手巧不巧，全看能不能做一桌好饭菜。山里劳作的地方往往离居住的地方很远，制作丰富多样的糕点、面点也是为了出行劳作携带、贮存的方便。

  我特别喜欢走在这窄窄的深巷里，一座老宅、一株古树、一眼老井，都会勾起我深深的回忆与思索。想当年，伏岭一带异常地热闹。伏岭的糕点远近闻名，顶市酥更是抢手。当年为了备战备荒，建设三线基地，仅伏岭一带就有好几家三线厂，全来自上海。胡家通过开采萤石矿在乡里建了一座电影院，吸引了四乡八邻的年轻人。外地人总喜欢驻足伏岭，寻一家小酒馆，温二两小酒，点几碟热菜，有一种享受最高规格接待的感受。

  现如今，修了一条过境公路，把小镇给冷落了。过境公路两旁建起了一排排整齐漂亮的新楼房，当年通往浙江的山道——江南第一关，也已被开发成徽杭古道徒步旅游线路，成了一处景点，设起了关卡，看来重走一回障山大峡谷、荆磡岭还要丢下"买路钱"了。

  回望伏岭，我发现有一双忧伤、无奈、苍凉的眼睛在看着我。那是一双会说话的眼睛，而间杂在一片新房中的老屋的窗户，好像在向我诉说，下回再来，还会相望吗？多么精美的一幅画面，多么精致的民间建筑！现在无论城乡都在大兴土木建造居所，拆老屋建新房，面积越来越大，楼层越来越高，装饰越来越美，身体有了舒适的住所，然而，我们的心在哪里？

水彩·四季

远山的呼唤

　　远远地望着眼前的这座小山村，有几分心痛，又有几分欣喜。心痛的是，不知哪一天它将消失。欣喜的是，时间从此在这里定格。

这座山村是歙县霞坑镇石潭村的一个自然村落，名"湖山"，有几十户人家，几百年历史。小村既没有高大气派的现代建筑，也没有破烂不堪的低矮土屋，清一色的二层小楼、粉墙黛瓦、人字屋顶，如雁阵排空。房屋随形就势，建在一片向阳的山坡上，掩映在一片树林里。

又是一个冬日，村中的落叶林树叶已全部掉落，疏朗的枝条增添了山村的凋敝与荒凉。村头的几株高大古老的银杏树像一面面旗帜，既是入村的标识，也见证了山村的历史。银杏树旁谁家的阳台上还遗留着晾晒农作物的簸箕，依稀还能感受到一丝小山村的生活气息和温度。

山村旁的山坡地上的油菜已泛出成片的新绿，小村周围的竹子依旧一片嫩绿，远处的蜡梅已吐露芳香，鹅黄的花瓣显得特别娇嫩。冬日的阳光穿梭在错落老屋的间隙里，泛着暖暖的色调，烘托着小村昔日的热闹与辉煌。

如果不是亲自走进这座山村，你绝不会相信这是一座空村，一个被遗弃的村庄，一处废墟。小村中有的房屋已倒塌，屋上的桁条和屋橼已七零八落，东倒西歪。路上长满了青苔和野草。迁出的原因是，据说小村可能会受到山体滑坡地质灾害的威胁，因此由政府择地安置搬出。

站在村头,望着被大山环抱,散落在山坡上、山坳里的山村,我的心情十分复杂。几百年历史,多少代人小燕啄泥般建造的家园,由于各种原因,却不得不舍弃。

　　我们说,要望得见山,看得到水,记得住乡愁。那么,乡愁是什么?乡愁是远去的故乡,乡愁是家园里的几株老树,乡愁是弯弯的山路,乡愁是屋顶上飘起的炊烟,乡愁是心中对故园、亲人离去后永远的痛。乡愁,我拿什么去拯救?

荒凉山乡的繁华景象

我国最后一位翰林、徽州人许承尧曾撰写过一副楹联:"喜桃露春浓,荷云夏净,桂风秋馥,梅雪冬妍,地僻历俱忘,四序且凭花事告;看紫霞西耸,飞布东横,天马南驰,灵金北倚,山深人不觉,全村同在画中居。"许承尧的家乡在如今徽州区唐模村,这副楹联挂在唐模村的檀干园内。现实中的景物与文人理想中的世界很难完全等同,就如同我们依着陶渊明《桃花源记》的描述去寻找现实中的桃花源一样,往往出现令人啼笑皆非的尴尬场面。

客居徽州已近40年,喜欢徽州的山川河流,也热爱徽州的田野村落,我几乎踏遍了徽州的山山水水,熟悉这里的一草一木。现如今的徽州已很难有一个地方与许翰林的这副楹联相契合了,由于交通条件的改善、城镇战略的推进,许多地方已成为人声鼎沸的热闹去处了。然而,当某一天我走进歙县上丰乡,站在姬公尖的山岭上时,我恍然发现:这不正是我苦苦找寻的契合那副楹联意境的山乡吗?

上丰乡是一个偏远的山乡，由于交通闭塞，藏在深山人未识。松软肥沃半风化的花岗岩土壤和独特的气候条件，使这里适宜花果生长，因此有人称这里为"花果山"。上丰乡祖祖辈辈以种植梅、梨、桃、李、菊、柿为生。初春，漫山的梅花吐蕊，深谷幽香；仲春，满枝的桃李争芳，姹紫嫣红；深春，满树的梨花怒放，漫坡如雪。最美的图景在初冬，上丰乡姬川村特有的灯笼柿黄澄澄一片，在漫山遍野的树枝上高挂，在房前屋后的支架上高挂，给这个荒凉的小山乡增添了暖意融融的喜气和赏心悦目的色彩。

又是春寒料峭的时节，大多数人还沉浸在春节闲适欢聚的气氛中，上丰乡姬川村的村民们已开始忙碌起来了。一千多亩绿萼梅，在田野里，在山坳中，在房前屋后，从山脚、山腰直至山岭，一层层、一片片，忽如一夜冬雪，纷纷扬扬，飘飘洒洒，落在这荒凉的大山里，把山乡装点得如童话世界一般。绿萼梅花是一种制作高级化妆品的原料，既清新芳香，又可保健护肤，还是村民主要的经济来源。

人们说，人勤春来早，在这里，春早人更勤。远远望去，一丛丛花树中不断闪现出采花人的身影，他们用一根绳索把几米长的细细的木梯绑在树干上，站立在高高的梯子上，双手采摘树枝上的花朵，神凝气定，不亚于杂技演员在高空中表演。我从来

不敢与采花人打招呼，怕惊扰他们。也许是由于日复一日的锻炼，也许是因为从小就练就了过硬的攀高本领，从未听说他们因采摘出过事故。山乡的男男女女，身材特别健美，清瘦、干练、柔软。

我喜欢漫步在梅林间，踩着松软的沙土、油绿的青草，身体似乎变得轻盈柔软，有点飘然若仙的感觉，花瓣从发间滑落到肩上，划过一丝淡淡的清香。各种鸟在梅枝上飞来跳去，肆意嬉闹，全然不顾路旁的行人。不知是花果的原因，还是由于自然的馈赠，这里的鸟非常肥美，羽毛漂亮而有光泽，色彩艳丽，清脆的鸣叫声响彻山谷。

梅的品种，按季节来分类大致有两种，一曰冬梅，一曰春梅，各有品性。冬梅因花色蜡黄，又开在腊月，常被称为"蜡梅"，大寒时令盛开，冷香四溢。人们常常用"梅花香自苦寒来"来赞美艰苦奋斗、发愤图强的励志精神，这里的"梅花"一般指的是蜡梅。春梅花色大致有红、白两种，一般在春节前后盛开：白色的一种，又因花萼呈绿色，被称为"绿萼梅"；花色红艳的一种称"红梅"。以梅花为题材的中国画，一般画的是红梅和白梅。

蜡梅为灌木，枝条细密。而红梅和白梅有遒劲的枝干，先开花，后发叶，花的纯洁和柔弱与枝干的挺拔和坚硬形成了强烈的对比与反差，一个繁茂而热烈，一个疏朗而冷峻，给人带来了强烈的视觉美感和视觉冲击力。红梅和白梅花呈五瓣，故又名"五福梅"，象征着快乐、幸福、长寿、顺利、和平。以鲜花来寓意某种情怀，反映了中华民族的一种智慧和信念。春梅只有淡淡的清香，远不如蜡梅。"梅须逊雪三分白，雪却输梅一段香"，这也是文人的一种调侃和想象，认真不得。

梅花落尽，上丰乡屯田的桃花、溪源的梨花、姬川的李花在这一时节竞相开放，好像梅花是报幕员，报完幕后，大戏还在后头。"人间四月芳菲尽，山寺桃花始盛开。"

屯田是一片山坞地，桃花开时，春天是真的来了，和煦的春风把人们吹得"人面桃花相映红"。桃花也把冷寂荒凉的山野给燃烧起来了，小村也因桃花而美丽娇艳。

陕北有首民歌《桃花红杏花白》，曲调优美、忧伤、悠扬，是少时心灵的一剂汤药。江南桃花红艳时，梨花、李花也白了，那种白特别让人心动，绝不比杏花逊色。梨花开时，新叶同时生发。最可爱的是梨树的新叶，黄绿略带褐色，半开半合，显得特别娇嫩小巧，就像一对童男童女伴着一位高贵漂亮的新娘。梨花如雪，把戏班称为"梨园"，我以为也是因为倾慕梨花的纯净高洁、梨枝的斩钉截铁般的正直硬朗。溪源漫山遍野种植梨树，品种繁多，黄梨、雪梨……还有一种小而硬的土梨，不能当水果食用，但药用价值高，可专门用来做梨膏。

丰收的景象总是令人神往。想起小时候看朝鲜电影《摘苹果的时候》，那满园红彤彤的苹果馋得我口水欲滴。那年，我早早来到溪源，却大失所望——所有的梨子都被套上了纸袋。一棵梨树结满了硬生生的还未成熟的梨子，不知是主人来不及还是忘了套袋，看着枝头上的梨子，我想到一个词——青涩。

"采菊东篱下，悠然见南山。"上丰乡山间谷地常种植菊花，这是一种药用菊，给萧瑟的秋天增添了一抹亮丽的色彩。

上丰乡最热闹的时候是柿子成熟的季节，这里家家户户栽种柿树，柿树品种独特，果实外形似桶式灯笼，俗称"灯笼柿"。这也是姬川村另一个重要的经济来源，用祖宗传下来的方法制作的柿饼，甜而不腻，绵甘松软，深受游客喜爱，也是春节款待亲朋好友的一道甜点。中国传统文化中常用花、果、鸟、兽的谐音来祈福、祈寿、祈求平安，"柿"通"事"，因此常用"柿"表示事事如意。

《橘子红了》是一个讲述凄美爱情故事的电视剧。2015年我去姬川村赏柿，无意中看到姬川村许多家的房前屋后栽种着橘子树，橘子挂满了枝头，像一个一个小小的红灯笼，把山乡装点得特别喜庆。上丰乡橘子皮色红艳，俗称"大红袍"，个头小，又有籽，甘甜略带酸味，卖不出好价钱，也就任由鸟雀去吃，任由游客采摘。然而，2015年一场极寒的天气，将整个山乡的橘树全部冻死了。第二年初春，我看到村民把死去的枝干砍下，便问他们橘子树还能重新生发吗？他们痛苦地摇摇头。没有连根挖掉，我想他们依然希望橘树能发出新枝。一年过去了，当我又去姬川村时，我再也看不到橘树与柿树相依相偎的画面了，曾经艳丽鲜活的样子成为心中永远的记忆了。我难以想象的是，橘树在这里至少生活了几十年，一两天的寒冷竟然要了它们的命，植物有时也如此脆弱啊！

如今，县城通往上丰乡的乡间道路正在改造拓宽，姬公尖的山道也将硬化，我想上丰乡的荒凉与寂寞会得以改变，而她的富饶与美丽也将被越来越多的人知晓。我想将许承尧的那副楹联稍加改动，作为我的结束语，作为我对上丰乡的祈祷、祝福："喜桃露春浓，梨云夏净，柿风秋馥，梅雪冬妍，地僻历可忘，时序且凭花事告；看黄山西耸，练江东流，齐云南峙，箬岭北倚，山深人渐觉，全乡同在画中居。"

水彩·四季

蔚然梯田

地名和人名往往与人们的愿望有关。有的人家给孩子取个大富大贵的名字，希望孩子大了能衣食无忧；而有的人家给孩子取个土得掉渣的名字，认为这样的孩子好养活。在歙县南乡就有这样一个地方，连巴掌大的一块平坦地也难找，可地名起得很雅也很美，这个群山连绵、沟壑纵横的地方叫璜田、璜蔚、璜茅。"璜"意为半璧形的玉，

"田"是田园之意,"蔚"是蔚然之意,"茅"是茂盛之意,你看这样的地名美不美?

有了"乡乡通"柏油路,去这样的地方已不是什么难事了,只不过路还是有点窄,盘山的弯路不少,没有点驾驶技术倒是有点危险。盘旋在海拔一千多米的高山上,俯瞰山谷间的片片村落和块块农田,以及坡上的道道梯田,真的是一种视觉享受。正是秋收季节,远远望去,农田里的稻谷像一块块金丝绒毯,大片大片已经出穗的苞芦真的像电影里的青纱帐。秋天的山乡就是活脱脱的一幅油画。

到了璜田的蜈蚣岭,我被眼前的景象所震撼、所折服。在一道道山梁上是层层叠叠的梯田,梯田宛若蜈蚣沿着山坡、顺着山势在游走。梯田全用大的石块垒成,田里种植茶叶或间种一点玉米等,山里人劳作也在梯田里。我这才恍然大悟为什么山里人的房舍会建在这山坡梯田之上,因为梯田是山里人赖以生存的最重要的衣食来源。璜田乡的每一个村都有这样大块大块的梯田。

建造梯田已是30多年前的事了,梯田也成为一种历史的产物,一份文化遗产,一块活化石。站在梯田上,我颇为感慨,一种社会制度、一种激励机制可以激发人们难以想象的激情和精神,譬如古代中国的长城、运河等。我们这一代人永远也不能忘怀的是,在中国经济极度困难、人们生活极度贫穷的年代里,一些自然地理环境极度恶劣的地方,却为我们留下了弥足珍贵的人间奇迹和精神财富,这就是人拉肩扛,用

手一块块垒成的梯田。当年山西昔阳县的大寨就是一个典型,那是20世纪50—80年代的事,到现在我们还能在璜田乡农房的墙上看到这样的标语:"革命加拼命,拼命干革命,大干七六年,变成大寨队。"那时的大寨成了农村的一面旗帜,大寨的梯田也成了农业的一块样板。农业学大寨,璜田乡的梯田也就是在那样一种背景下开始建造的。傅作义的女儿傅传芳曾来到璜田,作为当时的知名记者,她写了一篇报道,题目是《愚公岭上大寨花》,记录的就是修造蜈蚣岭梯田的事。

现如今,梯田成了一道风景,进山看梯田成了一种时尚。因为,梯田有一种韵律美,有一种力量美,有一种光影美,还有一种沧桑美,千姿百态,万里锦绣。广西的龙胜有这样的梯田,云南的元阳有这样的梯田,在我们身边也有这样的梯田,这就是安徽黄山的歙县璜田。

黄山上海茶林场纪事

人们对环境的适应和依赖有时显得特别地强烈与敏感,有时环境会直接影响人的生活状况和质量,影响人的情绪和幸福指数。决定环境质量好坏的因素似乎就是阳光、空气、水、土地,还有生物之间相互给养形成的链条。然而实际情形并非如此。记得小时候生活在农村,用现在的标准衡量,那时的农村是最适宜人居住的。可是,那时想逃离农村环境的欲念无时无刻不在折磨着我。不知道我曾如此痴迷城市的缘由,也

许只是想嗅到一种不一样的味道。现在想想可笑，当时怎么特别喜欢城市自来水中漂白粉的味道，马路上柏油蒸发的味道，汽车尾气的味道，大街上散发着的香水、香皂的味道……

记得小时候，一次爸爸休假后返回县城，我和姐姐着了魔一样，爸爸乘车前脚走，我们竟悄悄尾随，步行十几千米追至县城。爸爸见到我们后哭笑不得，我们也只是吃完爸爸从食堂买来的饭菜后就回农村了。现在回想起来真的不知我们去县城干吗，唯一能解释的就是闻到了城里空气中弥漫的那种味道。

最近我重游故地——黄山特色小镇谭家桥上海茶林场，引发上述关于环境的一番感想。37年前，毕业后，我被分配到驻扎在茶林场的一个野外地质普查小组，目睹了上海知青在此生活的情景。

我是从初中课本上知道黄山上海茶林场的，有篇课文讲述了十一名上海知青为了抢救国家财产，在与洪水的搏斗中献出年轻生命的感人事迹。我曾不止一次瞻仰长眠在这里的烈士，我钦佩那样一种集体主义和英雄主义的精神，我也感慨为什么一场再常见不过的洪水竟然夺去十几条年轻鲜活的生命。

那时，城市与乡村的生活环境可以说是天壤之别，大都市的生活条件更是小县城无法比的。良好的环境让上海人生来就有种优越感。可是在那个把个人的命运与国家的命运联系在一起的年代，国家的一项重大决策会影响一批人甚至一代人。当时的徽州有几十家上海三线厂，大多是军工产品的制造厂，也有医院和像黄山上海茶林场这样的农垦场。茶林场的职工大多是上海知青，有十几个连队，散落在占地几十平方千米的大山里，以生产茶、林为生。茶林场的场部设在西文村，太平至旌德的公路穿境而过，公路两边便是场部生活设施，以及办公场所、商店、电影院、灯光球场、书店等等。

茶林场场部所在地如同一个小县城，虽然地处山里，但供应的商品、生活娱乐设施与上海几乎是同步的，有些方面还有照顾性的因素。野外地质生活虽然辛苦、单调，甚至有点寂寞，但当我置身在那种繁华热闹的环境中，接触那些引领时尚、谈吐风雅、彬彬有礼的来自大都市的年轻人时，我也有种莫名的优越感和幸福感。那时我经常从茶林场给同事们购买上海糖果、电风扇等，上海品牌成了一种品质生活的象征。场部有一个小书店，是我经常光顾的地方，售书员是个50岁左右的男士。每次去我都看到他捧着一本书在阅读，他非常耐心地向我推荐新上架的图书。那时我买得最多的是文艺方面的书籍。书店是我打发孤寂生活的最好去处。

那时幸福感最强的是能与大都市几乎同步看到最新的外国影片，还看到了全国一流的上海滑稽戏，上海越剧团、杭州小百花越剧团、上海京剧团、上海曲艺团等文艺团体专程来茶林场进行慰问演出。影院几乎天天爆满，我们有一位老师傅，每场电影和演出他都要买票去，可一进场，他准睡着，而且睡得很香。也许他并不在乎电影和演出的内容，他只是喜欢那样一种温暖热烈的环境。还有最幸福的画面是一对对上海人在小河旁、树荫下谈情说爱，他们丝毫不避讳，那也是大都市进步、时尚的标志。我当时认识一位上海知青，她有男朋友，俩人如胶似漆，幸福甜蜜，令人很是羡慕。她高兴地告诉我她男朋友要回上海工作了，可没过几天，她的朋友告诉我，他们分手了。

分手的原因我不明白，但能明白的是环境变了，人的想法也就变了。茶林场当时有一位知青女裁缝师，30多岁，人长得漂亮，穿着优雅时尚，可她从来不在当地谈恋爱，她所有的努力就是要回到上海大都市那个环境中去。

1985年左右，一纸文件，所有知青获许撤离茶林场回到上海，那一刻当是他们最激动、最兴奋的时刻。我没能看到那狂欢的一幕。30多年过去了，茶林场依旧归上海管辖，这几年盖起了欧式小洋楼，栽种了一些名贵花卉，但仍异常冷清。据说，每年都有一大批曾在这里生活过的知青回到这里追忆青春岁月。环境不曾改变些许，但不知他们的心境又该怎样。

行走长陔

清明时节,长陔乡党委书记吴炳学邀我去长陔赏油菜花,我持着怀疑的态度。"陔",查字典后才知道,是一个台阶或台地。长陔是黄山市歙县大山深处的一个乡村,平均海拔800米左右。这里群山连绵,沟壑纵横,只有乡政府所在地有一块不大的相对平坦的台地。早些年,从王村到街口路过长陔,只是在长陔岭稍事休息,远眺群山,俯瞰沟谷。今年春天,在徽州赏花、摄影成了一种时尚的热潮,黄山十大油菜花摄影点成为游客最青睐的地方。

我与炳学相识于2007年,那时他是狮石乡政法委书记。狮石是歙县最偏远的、交通条件最差的一个乡,他一干就是17年,在那里成了家,从一个十几岁的小伙子变成了一个中年汉子。炳学为人厚道,浑身上下充满青春的活力和朝气,对待人生有一种达观的淡然,我挺佩服他的精神状态和乐观情绪的。这次见到他,他依然如故,只是多了一分成熟,还多了一个兴趣——摄影。我想,他能够坚持在这远离城市的山乡工作,除了家人的理解和支持外,也源于他发现了深藏在大山深处的美。他深深爱上了这片大山,亦如他当年没服从学校分配去工厂,却来到乡下。他非常自信、自豪地向我展示这几年他在这两个地方所拍摄到的风光照片，许多图片只有常年守在这里才能捕捉到。我相信，有一天他会出一本非常精美的摄影作品集。

　　我们驱车往长陔乡谷丰、韶坑两个自然村方向行进。道路沿着山腰，弯曲而狭窄，这是前些年谷丰村争取"村村通"工程项目建成的乡村道路。这里除了沟谷就是山坡，谷丰自然村在坡上，韶坑自然村在沟谷里。我在想，这两个村名也许饱含了山里人的一种期盼和愿望，这就是丰收和美丽。我们在吴书记早已观察好的几处地方停车驻足，眼前梯田上成片盛开的油菜花让我为之一振。正是夕阳西下的时刻，余晖洒在梯田上，映照得油菜花金黄灿烂，一片山岭，十里锦绣。长陔、璜田、小川、街口、狮石这几个乡是歙县自然地理条件比较差的地方，地无三分平，山里人为了生存，只能在沟谷和向阳的山坡地上耕作，所以在这几个乡都能看到成片的梯田。璜田乡的蜈蚣岭是一片茶园梯田，有的乡只能在梯田上种植苞芦一类旱粮作物。长陔土壤条件特殊，在江南古陆的老变质岩区出露不大一块风化的花岗岩，因而长陔的梯田上可以种植高山水稻。谈到乡村摄影基地的开发，炳学如数家珍地告诉我长陔的优势。他说，长陔春天可拍油菜花，夏天可拍秧田，秋天可拍稻田，冬天可拍雪景，其光影之美、韵律之美不亚于云南的元阳梯田。

　　晚上，我们入住谷丰村徐国荣户的干打垒的土坯房。老徐原是谷丰村的支部书记，谷丰村与韶坑村合并后他就退了下来，现在他正在为开发长陔高山蔬菜而奔波。土坯房从外表看有点粗糙，屋内却粉刷和收拾得干干净净。来黄山已30多年了，我还是第一次住这样的土坯房。老徐的爱人告诉我，土坯房看着破旧，可住着舒服，冬暖夏凉。

　　我们的到来，忙坏了她。当年老徐当村支书时，家里经常有客人，沏茶做饭全是她，老徐典型的大男人，家务活方面是个甩手掌柜。炳学告诉我，狮石乡当年也有许多成

片的干打垒，有的作为地质灾害搬迁点已全部拆除了，加之交通条件的改善和山区生活水平的提高，这样的土坯房越来越少了，正濒于消失。

围坐在这土坯房内，和炳学谈论如何发展乡村旅游，特别是以摄影为特色的旅游时，我首先想到的是抢救记忆。一座老房子、一种生活方式、一种民风民俗，是一个地方的记忆，是一个民族的记忆，也是一代人的记忆。忘记过去就等于背叛，失去传承就难以生生不息。城市的过度开发和无限扩张，已经让我们失去了许多美好的记忆。而一幢老屋的倾圮、一个村落的消失，都是我们心中永远的痛。我以为，这两年乡村旅游火爆的缘由就是寻找记忆，儿时的记忆，即将消失的记忆。发展乡村旅游就是要抢救那些濒于消亡的记忆，竭尽全力去保护我们原始的自然生态系统和原居民的日常生活状态。我们切忌为了提高接待能力，拆老房、盖新房，切忌为了迎合旅客的不同需求而放弃我们的生活习俗。

捕捉色影是我想到的第二个问题。过去我们说摄影是光影的艺术，那是黑白片的时代。随着彩色摄影的诞生，摄影应当说是色影的艺术，色彩与光影都是摄影最重要的元素。城市中大气质量的变化，使得艺术家在城里很难创作优秀的摄影作品。居住在杭州的高级摄影师郑从礼在谈到拍摄西溪湿地公园时说，杭州一年只有五天左右的时间符合他拍摄的要求，有六十天勉强可以拍摄，有三百天是难以拍摄的。这话可能有点偏激。他花了10年时间才完成《西溪——前世与今生》这部摄影作品集，他拍摄的一组西溪春夏秋冬风光片获得国际摄影大奖。这几年他经常到黄山的深山区来捕捉最美的瞬间。长陔有多样的色彩，油菜花、梨花、水稻、土坯房、晨曦、晚霞。长陔有美丽的光影，高山梯田式的水稻秧田、云海、流岚、雾霭。我想长陔一年大概只有六十五天是难以拍摄的时间，三百天是最佳拍摄或可以拍摄的时间。

　　体验习俗是乡村旅游的另外一个重要因素，旅游说到底是一种差异性的地域生活体验。长陔有三宝：茶笋、火腿、山芋枣。长陔盛产雷笋，由于具备优质的土壤条件，用盐腌制的笋干既方便保存，味道又特别鲜美。徽菜中有一道名菜——茶笋排骨汤，笋的原材料主要来源于长陔。火腿好理解，山里喂养生猪不用配饲料，肉质当然鲜美。山芋枣其实就是山芋干，由于选择红心山芋，其外形、色泽、味道如枣干，故称"山芋枣"。长陔还有许多习俗，其中年俗特别丰富。杀年猪、做豆腐、包红酥糖、采箬叶、烧炭、给孩子过周岁，这些习俗给山里人带来了欢乐，当你经历和体验这些习俗时，你会发现幸福就写在他们的脸上。

　　当年徽州人去长陔，要沿新安江乘船从县城到街口，再从街口溯源而上才能到达。交通条件和交通工具的改善，让我们可以较为便捷地一睹长陔岭的雄姿和风采。站在这高高的山岭之上，我们还能感悟到曾经的沧桑吗？还能唤醒我们沉睡的记忆吗？

正在消逝的徽州土坯房

说起徽州，最让人引以为豪的是徽派建筑，特别是徽派民居，粉墙黛瓦马头墙，小楼花窗天井敞。徽派民居门楼的砖雕、石雕以及花窗围栏的木雕，技艺之精湛、文化内涵之丰富，让人叹为观止。这是徽派民居光鲜的一面，也是最值得炫耀的一面。这些建筑往往是富甲一方的徽商的宅第。在徽州还有许多散落在高山上、深山里，通行条件极为不便，生存条件极为艰难的村落，仍然保留着许多简陋的土坯房。歙县深

渡镇阳巉土楼群的惊现于世，让人们看到了一个完全不一样的徽州。

土楼在整个歙县南部交通闭塞、出行困难、环境艰苦的深山区均可见到，只是零星散落，没多少人在意。阳巉土楼之所以让世人惊异，一是土屋成群，保存完好，三百多幢房屋80%以上是土屋；二是排列有序，错落有致，体现了徽派民居的韵律美、结构美；三是色彩艳丽，状如油画，与夹杂其间的粉墙黛瓦的徽派民居相映成趣；四是作为一种生活方式、一种文化遗存，能勾起人们对逝去岁月的回忆和想象。

阳巉土楼是孤寂的。三百多幢土屋，现在只有百余户人家了，越来越多的村里人走出这穷乡僻壤，许多土屋已长年无人居住了。土屋上众多狭小的窗户，犹如一双双忧郁的眼睛在向外张望。

阳巉土楼是美艳的。历经数百年，土屋墙面依然光鲜，色彩艳丽，竟不见剥落斑迹，这是中国土木建筑的魅力所在，也是中国建筑的生命所在。干打垒的土坯墙由于有较大的孔隙，能自动调节空气的湿度，榫卯结构能自如地抗拒热胀冷缩和地基轻微的沉降位移，因而，土屋具有强大的生命力。

阳巉土楼是无价的。在现代生活方式面前，土屋的功能正在迅速消退。当土屋的居住功能在弱化时，它的历史价值和美学价值将会显著上升，稀缺性的资源价值也越来越明显。它既能让我们真切地感受到歙南人在恶劣的自然环境下的生活方式和生存状态，又能让我们看到先人的聪明智慧。先人们就地取材，用最简单的泥土和木头创造出最精美和最具有生命力的民居建筑，它是歙南民居的一个标本。

随着交通条件和人民生活条件的改善,生活在这些深山里的原住民纷纷迁徙到山外。由于长期无人居住,缺乏维护,许多土楼慢慢地倾圮倒塌。有的原住民拆老屋盖新房,土坯房正在慢慢地消失;有的村落作为地质灾害搬迁点被整体遗弃,土坯房无一幸免。作为一个普通的深山村,阳巘也正在慢慢萎缩、消失,但作为一种具有特色的旅游资源,阳巘大有可为。保护土屋、开发土屋、展示土屋将成为摆在我们面前的现实而又紧迫的课题。

章渡埠头

春日的一个黄昏，我徘徊在泾县章渡古镇的街巷里。这是一个被遗弃的埠头。

踏在油光发亮的卵石路面上，依稀能感觉到小街曾经的熙熙攘攘、摩肩接踵的热闹景象。夕阳的余晖洒在木屋的板壁上，透出如丝般的光亮金黄，这是木板在长久的

日晒雨淋的侵蚀下现出的木质纤维折射太阳光而产生的现象。斑驳的粉墙上还残留着浓重的墨色。店家的招牌虽然难以辨认，但字体端正圆润，苍劲有力。临街售货吧台的台面上已爬满了肆意疯长的野草。用薄薄的青砖层层砌就的吧台，虽不加粉饰，但砖缝现出的纹饰透着一种简洁的美，可以想象店家对装点门面的用心和曾经的富有。小街街面宽五六米，长三四百米，沿河而建，随形就势，曲折而又雅致。小街临河的一边为挑空的木制板房，多为双层结构，挑空的部分依然用数根木桩支撑着，远远望去就像有千条腿的连体屋，这就是人们常说的吊脚楼。小街另一边则多是砖木混合结构的建筑，显得高大气派多了，粉墙黛瓦、小楼花窗，随处可见店家的门楣和门罩上精心雕琢的各式花饰图案。为什么小街两边的建筑有如此差异？我想这是我们的先人尊重自然的一种选择，一种生活的智慧和哲学。临河的一侧常常会遭受洪水的侵袭，在没有混凝土之前，全木结构的建筑是抵御洪水的最佳选择。

　　小街空荡荡的，没有多少生气，只有零星的几家还住着人。有的屋子房梁、顶盖都已经倒塌，横七竖八的桁条和椽子落在残垣断壁上，满地瓦砾砖片，一派颓废衰败的景象。有的房子山墙倒了，只留下一个空空的框架，如同一具骷髅。临河的吊脚楼由于没人居住，显得更加破烂不堪，有的房子已爬满了青藤植物，更加快了房屋的腐烂进度。吊脚楼正像一

位风烛残年的老妪，摇摇欲坠，可能撑不了几年就会轰然倒下，然后就消失得无影无踪。

小镇曾经的辉煌源于它独特的地理位置和优越的自然资源。流经小镇的这条河叫"青弋江"，发源于美丽的黄山山脉，经太平县流入泾县境内，过南陵至芜湖汇入长江。可以说，这是泾县的母亲河，旧时，它是泾县人通五湖达三江的一条黄金水道。小镇位于青弋江的中段，江面从这里渐渐开阔，江水的流速也渐渐变得平缓，这里是停泊来往船只的最佳位置。下行的客人要在这里歇息，上行的船只要在这里补给。有了各种需求，便有了多样的买卖。从提篮小卖到摆开地摊，从上船吃喝到搭起篷架，从拉客人到凉亭喝茶吃点心，到建造楼房坐地经商营生，小镇就这样慢慢地热闹繁华起来。据说，唐朝时曾在这里设埠置州，称安吴州。安吴州管辖三个县，有"西来一镇"之美誉。抗战时期，新四军在这里设立兵站，运送兵马粮草，周恩来到云岭新四军军部就是从这里上的岸。

小镇的衰落是一个时代的缩影，也是一个时代的见证，是一种命运，也是一种无奈。小镇的衰落似乎没有前兆，但似乎又是一种必然。三十年河东，三十年河西，河水依然在悄无声息地流淌，然而河面上再也不见忙碌的帆影了。其衰落的原因还是值得我们深思的。当我们追求更加快捷和更加便捷的行旅方式、运输方式时，诞生了许多新的交通工具和交通线路。汽车、火车、飞机，高速公路、高速铁路、空中航线应运而生了，水运交通特别是内陆河运交通便慢慢地衰落了。最近，我来到芜湖中山街青弋江的入江口，看着长江边静静停泊着的许多巨轮，看着江面上零零星星航行的船只，生出许多感慨。回忆 30 年前我在这里乘船的情景，那时，江面上豪华客轮、巨型货轮、汽轮、帆船、小舢板来来往往，码头上的人群熙熙攘攘、川流不息，岸上人声鼎沸，江面上汽笛声此起彼伏。弹指一挥间，长江当年的盛况不在了，码头的热闹也骤然消

失了，这里已被开辟成江边公园供人游览。大江大河尚且如此，何况它们的支流呢？我在想，如果没有水运存在，我们的远行，还能称为浪迹天涯、漂流四方吗？我们的行旅真的需要那么匆匆吗？

　　小镇的衰落也许还有另外一种缘由。20世纪六七十年代，为了开发水电资源，小镇的上游陈村拦腰建起了一座水库，这就是风光如画、宛若明镜、被称为"黄山情侣"的太平湖。大坝的阻隔一下子改变了青弋江中下游河水的流量和流速，小镇宽阔的水面陡然成为流沙沉积的地方。日积月累，河面的中央形成了一个沙汀，水运的主航道移至河的对岸，小镇埠头的一侧水面变得异常狭窄，船只再也难以靠岸了。其实，我们对资源的开发利用都是在得与失中做出取舍，是要付出一定的代价的。

　　小镇的衰落当然也有主观原因。内陆河运的衰落让我们失去了许多重要的埠头。有的埠头只有上岸的石阶依稀可见；有的埠头被夷为平地，被新的建筑所替代；也有的埠头被开发成旅游景点了，小镇上游的桃花潭渡口，由于李白的一首诗而声名鹊起，

桃花潭小镇被整修一新，增添了许多接待游客的旅店和客栈。"李白乘舟将欲行，忽闻岸上踏歌声。桃花潭水深千尺，不及汪伦送我情。"这首千古绝唱道出了人间可贵的友谊和真情，许多游客正是带着一种愿望和向往来到这里，去感受曾经发生在这里的诗情画意。章渡，也一定有许多凄美、浪漫、深情、令人荡气回肠的故事。章渡的连体吊脚楼以及街景建筑，既是河运埠头的活化石，也铭刻着一代人的记忆，但都未能好好挖掘、开发和利用，人们也未能对埠头好好地保护，章渡还能勾起人们的回忆和向往的也许唯有章渡酱菜了。现在的埠头，我以为已经成了一种无奈和尴尬。据说，埠头被外地的一家开发商买断，而埠头却迟迟未得到开发利用，原住居民的搬出又加速了埠头的衰败，才会出现前面所叙述的景象。其实，透过章渡埠头的衰落，我在想，祖先留下的家产有多少被我们珍惜过、珍爱过？社会在进步，生活方式在改变，我们现在为后人拼命积攒的物质财富，对于他们来说真的很重要、很有必要吗？这也许未尝不是一种难舍的累赘。

　　走出章渡，我依然在默默地思考着。故乡、家园、亲人以及我们曾经逗留的地方，都是我们心中难以割舍的情结，当这些远去甚至消失时，那种伤痛之情难以言表，我们对此无能为力。届时，唯有美好的回忆时时提醒我们珍爱自然、珍爱情感、珍爱生命。

小屋印记

不知何时小屋失去了生活、居住的功能，成为存放杂物和生产资料的地方。建造小屋的主人早早离开了人世，对小屋有继承权的是兄弟俩。兄弟俩也有儿女和孙辈了，在小屋的两侧分别盖上了新房。徽州的乡村有许多这样的情形，祖上留下的老宅，只要分属几个兄弟，就谁也不能动，也不愿动，宁愿在它附近盖上新房，也不愿花钱修缮、保护。许多精美的徽派民居就这样任凭风雨侵蚀，最后腐烂倒塌。

几年前，第一眼看到这幢坐落在山脊上的小屋，我就有种莫名的喜欢和感动。小屋也就是山里一个普通农户的生活用房，四开间，二层小楼，砖瓦木架结构，门面没有任何装饰，正面有一小型披厦，大约是厨房。楼上放置生活和生产资料，楼下是一家人的生活起居室。

说是莫名，其实人的直觉有时先于价值判断和算计。小屋给我的第一感觉是温暖。这几年山上盖了许多新式洋房，或将老房重新改造，粉墙黛瓦，很是醒目，但我总觉得冷冰冰，不如这小屋的土黄色墙面显得温暖和谐，给人以沉稳的感觉。小屋独自在山坳的一角，静谧而又凄清，让人怜爱、怜惜，又给人一种"山重水复疑无路，柳暗花明又一村"的惊喜感，让人忍不住生出在这里停留歇息的欲念。如果说山村是一幅山水画，那么是小屋让画面生动起来。小屋还让一幅中国水墨画变成了一幅经典的西方油画。最打动我的是，画的前景和背景随着季节的变换而改变色彩和形态，唯一不变的是小屋。春天，小屋背后的梅花盛开；初夏，小屋门前的梨花绽放在虬曲的枝头；秋天，小屋四周的田园里菊花盛开；初冬，小屋的侧面灯笼柿高挂，一派喜气。两年前小屋门前几棵高大的橘树上挂满了红彤彤的大红袍橘子，那一年一场极寒天气将橘树全部冻死，少了一个前景，我的那张照片成了绝版。

每次去山村，让我念念不忘的还是这间小屋，它成了我精神上的一个寄托，好像它是我安放心灵的地方，我真的担心哪一天它会消失或被世俗化。中国人从来不缺少寄托精神信仰的地方，祠堂、庙堂、亭台楼阁，甚至一间茅草屋，都可以是中国人安身立命的地方，也可以是中国人的精神空间。

来的次数多了，便与小屋的主人熟稔了。小屋附近仅兄弟两户人家，孩子们都外出打工去了，有的结婚后就在山外安家了。我经常见面的是弟弟、弟媳和嫂子，他们也都年过花甲了。每次他们都热情地邀我到家里做客，树上的梨呀、橘呀、柿呀，只要成熟，就让我尽情品尝，分文不取。说起弟弟，嫂子告诉我，弟媳在生完第三个孩子后，不知何故，出现了严重的精神障碍，几十年来，弟弟不离不弃，一人打理这个家，把五个孩子培养成人。这几年，有人看上这间小屋，想买下，但兄弟俩都没松口，孩子们也不愿意。

我想，小屋虽然失去了它应有的生活起居功能，但它已经成为这个家庭成员们的一个精神空间、一个记忆、一份念想，一个可以勾起他们的回忆和触动他们情感的地方。

水彩·四季

散落的辫发

时光似乎在这里停滞了，定格成儿时的一幕生活场景。这是一块四周被几幢老屋包围着的空场地，场地一侧的南瓜秧已爬满了藤架，紧贴着的是一片肆意疯长的野草，显示出几分荒芜与苍凉。山里的村庄少有这样大片的空地，热闹的门前是不长草的。又是一个冬日暖阳，一位身着红色粗布格子外套的农家主妇从老屋里走了出来，她双手端着一大簸箕的红辣椒，正准备放在场地上晾晒。冬日，难得见到如此通红的暖色调，可更加吸引我眼球的是主妇胸前那两条久违的麻花辫子和一侧山墙上依稀可见的一行红色标语："毛泽东思想永远放光芒。"这可是一个时代的标志和印记呀！

麻花辫子，对于我们这一代人并不陌生，可如今已很难看到那灵动飞扬的麻花辫子了。我们曾诗意地畅想，要编织美好的生活，其中也应包含编麻花辫子吧？说不清楚辫子是从哪一年哪一天消失的。大约只记得男人的辫子是从民国开始消失的，因为那是区分革命与否的一个重要标志，要革命先得剪掉那条拖在身后的长辫子。

从儿时记事起，我就觉得辫子是一个女人青春和活力的标志，象征一种美。未成年时，女孩子扎着两只羊角辫子，往上翘得高高的，显得特别骄傲、特别活泼。《白毛女》中有一段非常经典的唱段《扎红头绳》，说的是杨白劳卖豆腐攒下了一点钱，除了买二斤面粉包饺子，还不忘给女儿买上二尺红头绳，干吗？扎辫子，欢欢喜喜过个年。辫子成为女孩子新年最美的装饰。女孩长大了，头发也长了，也浓密了，这样可以扎又粗又长的大辫子，扎的辫子形似麻花，故俗称"麻花辫子"。记得当年老家媒人提亲，对女孩最形象的描述就是有两条又粗又黑的大辫子。辫子似乎成了漂亮的代名词，既象征着女孩旺盛的生育能力和生命体征，也是一个女孩心灵手巧的外在表

现。郑智化曾写过一首流行歌曲《麻花辫子》，歌曲凄美委婉，诉说了一段藏在内心深处的恋情，那美丽的麻花辫子一直缠绕在少年的心头。

记得最先将头发散开不扎辫子是参加工作当上干部的女同志，一头短发，整整齐齐，显得特别干练洒脱有精神，打理起来特别方便，节省了许多时间，成为一种受人尊重和敬佩的革命形象。那些在工厂上班的女青年为了安全起见，将辫子盘在头上或戴在帽子里。生了孩子的妇女为了哺乳的方便，也将头发盘起，辫子渐渐少了。特别是改革开放后，受外国电影女明星那一头蓬松的金色卷发的影响，染发、烫发成了一波时尚潮流。辫子渐渐散落了，女同志从个人的梳妆台走向了大众化的美发店，就这样，辫子，一个中国女性美的符号散落消失了。

在乡村见到这位扎着辫子的主妇，特别亲切，有一种久违的视觉美感，从那爽朗的笑容中可以看出她对生活的淡然和自信。对于美，有时是一种坚守，有时可能是一种屈服和从众。在这样一个审美多元化、艺术多元化的现代价值体系里，为什么我们毅然决然地将辫子抛弃，将头发散落？辫子真的是一种落伍的形象吗？束起辫子真会束缚我们的思想和手脚吗？解放、开放真的要从头开始吗？然而，不管潮流时尚如何风行，曾经在空中甩动的麻花辫子是我记忆深处最美丽的景象，正像那首歌中唱的："你那美丽的麻花辫，缠啊缠住我心田，叫我日夜地想念，那段天真的童年……"

寒露柿涩的时节

  天阴沉着,我依然推荐远方来的故友去上丰姬川村。喜欢姬川是因为,不管什么时节,不论何样天气,它都不会让你落空。姬川最美的时候是在立春和立冬两个时节。立春,漫山遍野的梅花如雪飘落;立冬,房前屋后的红柿如灯笼高挂。

这个时节，上丰是寂寞的，正应了这天气。小车刚拐进姬川山脚下，我便被田野中的景象所吸引：山间盆地狭长的土地上秋菊盛开，一片雪白，乡亲们正在田里采摘，构成了一幅别样的丰收画卷。

去乡村最让我为难的是拍摄劳动场景，今天依然如此，刚举起相机，便看到乡亲们不悦的神情，收到不欢迎拍摄的警示。然而，在这样的阴沉的天气里，这样的劳动场景让我感到特别清新、温暖，有一种特别想拍摄的欲望。这是一种美，田园之美、劳动之美。

我理解乡亲的不愿与不满，面对农村的荒芜、农村的落寞，还有谁在留守？谁在劳作？让城里人感到有兴致的只是巨大反差下的视觉冲击。想到这里，我便与他们交流一些家长里短，一下拉近了彼此的距离。当得知我可以让他们分享我的拍摄时，他们怯生生的疑虑顿时消失，脸上露出甜蜜的笑容。山脚下的小村叫"雨坑"，一个富有诗意的村名。

小车行驶在通往姬川的乡村简易盘山公路上，眼前一位老妇与一个小男孩一前一后蹒跚地走着。小男孩在车子接近时示意我们停下，我们说只能带上一人，他二话没说就上了车。我觉着老妇可能是他的奶奶或外婆，看起来老妇一点也不觉得我们和小男孩失礼，脸上还露出难以掩饰的满意的神情。小男孩十多岁，像个豆芽菜。联想到当年我们在乡村的粗野与结实，几里山路算得了什么？有点不屑甚至鄙视小男孩的行为。当走进空荡寂寞的小村时，我想，农村还有谁家愿意把小男孩留在乡村？他们只想孩子有一个聪明机灵

的大脑，将来能走出山乡，适应复杂多变的城里生活。也许我的担心是多余的。路边的小草，虽然柔弱但多彩多姿，有种摄人心魄的美。

寒露时节，山村的柿树上挂满了还未成熟的青涩的柿子，只有向阳山坡上的树上，因享受充沛的阳光，柿子呈现黄橙色，特别显眼夺目。姬川村最美的景色就是黄澄澄的柿子赤裸裸地挂在遒劲的枝条上，没有枝叶的遮掩。这个时节小村是清冷的，我们成了不速之客。在村干部老汪的客栈中歇脚，才从他爱人的谈笑中得知，为了给我们准备午餐，他从十多里外的田地里赶了回来，这让我们倍感温暖亲切。吃完饭，她又张罗着去给我们买秋天的山货，板栗、山芋、南瓜、辣椒，高山上的果蔬已经成为城里人稀罕的"珍品"，而山里人能将家里的平常果蔬卖出好价钱，也会给他们带来意外的喜悦。

再过一个月，姬川村具有传统特色的灯笼柿将完全成熟，家家户户将忙碌起来。满山的柿树和房前晒架上的柿子，让山村如张灯结彩一般，红红火火、热热闹闹。望着眼前这个荒凉的山村，我的心中涌动着难以言说的酸涩。但愿我的这份酸涩像这青柿一样，经历寒露与霜侵后能脱涩化糖，给人间带来一份甜蜜。

水彩·四季

冬至鹤城

鹤城不是城,是黄山市休宁县的一个乡,也是安徽最南部的一个山区乡村,与江西浮梁县接壤。冬至时令,我们走进了这个偏远的山乡。

去山里的路往往都是沿着溪流沟谷的,从黄祁高速黟县口下,沿着休宁至流口、

鹤城方向的县乡道前进，路面刚刚改造好，平坦的柏油路在山谷中蜿蜒伸展。我们逆流而行，溪谷越来越窄，但水却越来越清亮了。鹤城乡是新安江的源头。新安江发源于六股尖，六股尖就坐落在鹤城乡境内，六股大概就是六道水源吧。

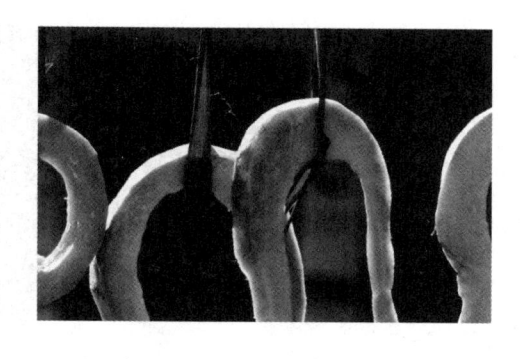

又是一个艳阳天。山里温度低，空气质量优，几乎没有PM2.5，能见度特别高。天空湛蓝湛蓝的，一个云朵也没有，好一个温暖的冬日。快到鹤城了，我们放慢了车速。村庄的路两旁，老人聚在一起晒着太阳，拉着家常，孩子在河谷的漫滩上嬉戏。河滩上，木杈搭起的架子上晒着衣物和青菜，河滩上还有大块场地上用簸箕晒着什么，一下子吸引了我们的眼球。晒秋季节已经过去了，粮食已收仓了，山里人还在晒什么呢？有白色的、土黄色的，还有橘黄色的，色彩虽不如晒秋那么鲜艳、火红，但在这萧瑟的冬日里，也是一抹亮丽的色彩。停车近观，原来，白的是萝卜丝，土黄色的是玉米糊熟片，橘黄的是去皮的老南瓜。这都是他们预备过年用的菜肴和点心的原料。秋收冬藏，每一个地方的冬藏都有不同的藏法，风干、腌制、烟熏、熟制可能是山区最传统的也是最常用的方法，比起城里的冷藏、真空包装成本低了许多。这些经过风干、腌制、烟熏、日晒，在强烈的紫外线照射下的菜肴原料，也许会有一种特殊的生化过程，会产生许多对人体健康有益的微量元素和成分，会有一种特殊的香味，也许更加符合饮食的标准。现代的城里人一味追求营养价值，一味讲究保鲜，讲究卫生标准，可能会把我们的生活引向另外一个误区。在这洁净的满是卵石的河滩上，晒菜成了我们来到鹤城所见到的第一道风景，这也让我们隐约感受到传统习俗依然生生不息，也许这

水彩·四季

就是中国老百姓关于吃的智慧。

午后，我们驱车来到鹤城一个偏远的小山村——梅溪村。小村特别美，进村入口的小山坡上古树参天，特别有气势，像一道屏障，又像一面面旗帜，成为进村最显著的标识。小村背后的山上，原始林木也是郁郁葱葱的，成为小村的又一个背景。小村四周是一片开阔地，种满了各式各样的蔬菜，菜园四周有竹篱笆围着，好一派田园风光，真的是"采菊东篱下，悠然见南山"的世外桃源。见到的依然多是老人和孩子，有的在忙着劈柴，有的在晾晒干菜。这时村中有几缕炊烟升起，小村顿时有了生气，冷寂的小村也温暖热闹起来。儿时，我最喜欢看炊烟，浓浓淡淡、虚虚实实、飘飘袅袅，动中有静、静中有动，充满了让人无限想象的韵味，展现了既不同于水墨，又不同于油彩的画面空间。这些年，城市化的发展让我们享受到许多现代化的成果和人造美景，但同时让我们失去许多美丽的自然景观——大城市里已经很难见到星空和蓝天了，小城市里已难见到参天的古树和袅袅的炊烟了。

循着炊烟，我们走进一户农家。这是一座现代样式的三层小楼房，面积不是很大，一楼是厨房及老人的起居室，二楼可能是孩子的房间以及放一些生活用品的地方，三楼主要是放置生产用具和堆放粮食的地方。家里只有两位老人，这是现阶段中国乡村的基本状况，青壮年劳动力大都外出打工了，只有过年才能回到家里与亲人团聚，所以春节是中国特别是乡村最为隆重和奢华的节日，人们所有的辛劳都是为了这一天的到来。腊月还没到，小村已忙了起来。农家的厨房特别干净，厨房用具摆放得有条有理，灶台非常整洁，让我这个城里来的人看了都汗颜。这也许是一个乡村、一个家族的家风和习惯。徽州许多农村都保持着这样艰苦朴素、勤俭持家、生活讲究的良好民风民俗。见到家里来了客人，老人特别高兴，从心里涌出的那份喜悦全部写在了脸上。锅里好像熬着玉米糊，这不晌不午的，熬一大锅糊干吗？看着我疑惑的神情，大妈挑了一勺执意让我尝一口，并说，好吃的。我有回到家一样的感觉。怕弄脏大妈的勺子，我让她盛上一小碗。玉米糊特别绵滑可口，微微有点咸味，香喷喷的。我想到了中央电视台曾播放的那段经典的黑芝麻糊广告，让许多人记忆犹新。其实，儿时的记忆、家乡的味道，是最能打动人的。熬玉米糊只是第一道工序，接下来要将玉米糊倒进一个屉子里，用纱布裹好，像做豆腐一样，冷却后，再用线将其切割成一个个小片，放到稻草上晾晒。玉米片干后放到油锅里炸，会稍稍膨化，春节的点心就这样做好了，当地人称之为"苞芦松"，吃起来又香又脆又酥，这是山里人招待尊贵客人的茶点。

难得在乡下住上一宿，第二天，我早早起床，满地重霜，河面上泛着薄薄的水汽。我依然在寻找炊烟。山里的冬天要比山外冷许多，凌晨的鹤城，显得格外地寂静冷清，只有几声狗吠划破这沉静的黎明。慢慢地，村庄上才见到一两家的房顶上飘着炊烟，淡蓝色的炊烟在粉墙黛瓦的徽式古民居上空袅袅升腾，飘散在苍劲古朴的树林和纤秀柔美的竹林中，真是美轮美奂、无与伦比。太阳出来了，阳光从山坳里、从树林中透过来，山峦瞬时立体起来，明暗对比强烈，山阳的一面一片金黄，山阴的一面树上依然挂着清霜。冬天的鹤城，树木是一道很美的风景。山里的落叶林只剩下光秃秃的枝干了，但在凌晨，挂满清霜的枝条上一片银白色，玉树临风一般潇洒浪漫，这是最美的雾凇景观。山里村头水口处最常见的是枫香、香樟和银杏，高大挺拔的乔木像一道屏障，为村庄遮风挡雨，又似乎是一个村庄的风向标。鹤城现在还有许多珍贵的林木品种，红豆杉、香榧树、楠木、檀树等，既是非常美的景观树，又是可以使农民增加经济收入的重要树种。河谷两旁多是具有很强的固土功能的水杨树，叶子早已落光，弯弯的树干和细细的枝条密密匝匝，显得特别婀娜多姿。田野里和马路两旁最多的还是乌桕树。深秋乌桕的红叶赛过枫树，这也是皖南最美的观赏树，这个时候虽然叶子落了，缺少色彩，但它的枝条是最美的，弯弯曲曲，千姿百态，形成的雾凇景观也是最迷人和最有味道的。鹤城最多的林木资源还是杉木林、毛竹林和槠树林。这三种林木都是

常绿林，色彩深浅不一。杉木是针叶树，宝塔状的树形，树干笔直挺拔，是山里主要的用材林木。楮树是阔叶树，树冠大，像一把大伞一样，郁郁葱葱，属原始生态林木。竹子是禾草本植物，纤秀挺拔，浑身是宝——冬笋、春笋可以食用，毛竹可以编制各种器具。这三种林木在这里成片分布，把整个山乡装点成一片绿色的海洋。

当沉醉在这绿色海洋中时，我如同身处梦幻的童话世界一般。原始的自然生态系统是人类赖以生存的美丽家园，自然景观是人世间最美丽、最精致、最奇妙的生活图景。慢慢地我领悟到，鹤城其实是座城，是云鹤的家乡，森林的城市。

水彩·四季

守候一片烟云

冬日,江南的山庄重而又肃穆,远远比不过春日的鲜嫩、夏日的繁茂、秋日的热烈。江南的水也静默无声,再也没有春日的欢跳、夏日的咆哮、秋日的叮咚,只有在微风轻拂后,才泛着鳞片一样的细碎光亮。

江南的山是幸福的，永远有水缠绕，山有多高，水就有多长。山因水而丰茂，水因山而妩媚。初到江南，我常担心居住在高山上的徽州人家的饮用水问题、出行问题、劳作问题，缺少生活经验的我喜欢探究徽州人的生活方式和生存智慧。总之，结论是靠山吃山、靠水吃水，适者生存。

江南多雨水。有人把江南形容为水做的江南、水墨江南、烟雨江南，总之，江南如一位柔柔弱弱的女子。江南的雨，缘于江南的山——山上茂密的林木富含大量的负氧离子，带正电荷的云走到这里便留下了，形成了雨水。

江南的山层峦叠嶂、沟壑纵横，江南的云在这变化无穷的空间里随着气流的强弱

以及气流的方向幻化为多姿多貌的飞烟。令人不解的是江南的云，飘飘忽忽，来无影、去无踪，瞬息万变，随风追光。喜欢的也是江南的云，起起落落，起为烟、落为雨，萦绕山谷，久久不散。

最爱的是行走在江南的山水里，乘一叶扁舟，撑一竿长篙，春日里放歌，夏日里撒网，秋日里闲钓，冬日里温一壶老烧。行走在江南的山水间，春天是一卷水墨，夏天是一张剪影，秋天是一版油彩，冬天是一幅版画。

最爱江南的山水烟云。那是记忆深处的图景；那是遥远梦幻的仙境；那是黄公望的《富春山居图》，山川浑厚、草木华滋的美丽画卷；那是孟浩然的《宿建德江》的哀怨与忧愁，"移舟泊烟渚，日暮客愁新。野旷天低树，江清月近人"；那是一支短笛、一支长箫吹奏的《只有云知道》的感叹。

江南的山还是那座山。江南的水显得格外冷清寂寞，再也见不到热闹的码头、行旅的客船，再也听不见女子的琵琶声，再也不见那砍柴的樵夫、放排的汉子。

行走在江南山水间，我守候一片烟云，欣赏她娉娉袅袅的身姿，喜欢她风风雨雨的模样，赞叹她朝朝暮暮的奔忙，感激她岁岁年年的滋养。

云上木梨

木梨硔，皖南山区的一个高山村落，聚居着徽州詹姓家族一脉。地图上没有标注，地图上能找到的最接近的地名是詹家村和苦竹尖。"文革"期间，詹家村与木梨硔并称为詹梨村，村里每户至今还保留着詹梨村的门牌号码。詹梨村现隶属黄山市休宁县

溪口镇。

木梨硔是个玩笑名，当年砍伐木竹，木竹沿山上滑落至山底，被运往山外，木头将山坡犁出了一条深沟。"硔"，沟也。外面人说，哦，你就是木犁硔那个村的。后来，"犁"易为"梨"，似乎雅了许多。

这几年，木梨硔火了，有"挂在云端上的村落""天上木梨"之称，驴友、摄友、休闲一族纷至沓来。

前几年只有詹春九、詹八仙一对中年夫妇守着旧屋，接待上山的客人。詹春九是一个回乡知青，一边带路，一边摄影，名气渐渐大了。现在接待点由一家发展到二十多家了。

木梨硔又让人却步，几年过去了，"最后一公里"依然不能解决，车开到山脚下，要爬一段山路才能进村，好在树棍搭建的山道台阶防滑而又古拙自然。

再一次上木梨硔，我感觉这里有了大的变化：上山的步道有了台阶，无论是木台阶还是石阶，都很牢固、结实。房前屋后收拾得整整洁洁了，每户人家也变得干净了。上山的客人也多了起来，休闲游、养生游、探秘游也来了。

最可喜的是，村里的年轻人纷纷放弃了外出打工留在村里，成为乡村客栈的主人，把城里的时尚、城里的精致带回了村里，山村重现了当年的生气与活力。

清晨，一位扎着蜡染头巾的村妇，站在她经营的店的门前，端着碗在吃早饭，落落大方地与行人招呼

着。她从上海打工回乡，经营着土特产和小餐饮的商店。山道从小店门前经过，小店成了游客的必经之地。那一刻我想到阿庆嫂的春来茶馆，摆开八仙桌，招待十六方。

站在村对面的观景台上，遥看小村的晨景，让人动心、动情。小村建在一道山梁上，山梁三面临谷。山谷中此时云雾弥漫，好一片静谧的"大海"，小村如一艘豪华的客轮停泊在海岸边，正欲起航，袅袅的炊烟勾起人无限的联想与遐思。

太阳出来了，气温迅速回升，山谷中的雾气旋即腾空飘散，小村搁浅了，瞬间显得孤单荒凉了。我见到的是海市蜃楼吗？

木梨硔是徽州詹氏先民留给我们的一幅百年前的图景，木梨硔"站"在云里，"站"了几百年，依然散发着一种遗世独立的沧桑感……

水彩·四季

拾庭

这些年，村里的新房越来越多了，居住在村里的人却越来越少了，也越来越老了。老屋子越来越少了，也越来越空了，有的濒临倒塌，任风雨侵蚀而颓败。徽州的老屋子是中国乡土民居的一个典范，被称为徽派民居。粉墙黛瓦，飞檐翘角，与青山绿水、田野草木相映成趣、相得益彰，是人与自然和谐共处的范例。高墙深院、雕梁画栋，显示了徽州先人精致的生活品位与追求，曾经的繁盛与奢华。

当建造这些精美宅第的先人一一故去后，当他们的后人一一迁出这偏僻的山乡后，当一幢老宅难以承载枝繁叶茂居住的压力后，当这些老屋易主或难以界定谁是主人时，你真的还有那份感情去珍惜老屋吗？你还有那份心情去收拾它吗？村里邵氏家族一连四幢老宅，外墙完好如初，虽经岁月的侵蚀留下了斑驳的痕迹，但不难看出这些宅第当年的精致与气派。然而，居住其间的乡民没有一户是邵氏后人，他们甚至已不知道邵氏因何而发迹，又因何而迁徙，留下这大宗的家业，无人来打理。

一位在外闯荡多年的乡里后生回到村里，花巨资买下一幢老屋，打造了一处庭院。荣归故里，叶落归根，这是徽州人一个最为朴素的人生哲学和理念。在农耕文明时期，这样的人、这样的故事还在流传，可在后工业时代，在城市化进程加快的今天，谁还在信奉并坚守着这一圭臬呢？投资兴业，开发旅游，这是徽州正在上演的一场大戏，乡村客栈遍地开花，也许这是大家都能看到的一个理由。

庭院坐落在一个不起眼的小村子里，院后就是大片的田地。第一次走进庭院，我被主人精美的装饰、精妙的设计、精到的布局所吸引，所迷惑，我想这可能是我在徽州见到的最用心的一家乡村客栈。再次走近庭院，我放慢了脚步。站在庭院门前，看着"拾庭画驿"四个字，我若有所思，参透主人回乡建造庭院的一点点玄机。一个"拾"字隐含着主人的心思与情怀。对于祖辈们含辛茹苦建造的、浸透其毕生心血的建筑，得到了便是拾到。其次，眼见一座原本精美的老屋面临倾圮，他是怀着一份收拾的心情而来的。小村名"石亭"，就给客栈起名"拾庭"吧。"画驿"，中国画，中国文化艺术的宗源，所有的精神寄托和对美好生活的向往都能用画去倾诉、去表达。"驿"，让人歇息的地方，让人收拾心情和释放情绪的地方。

走进庭院，丝毫没有歇息和享用的欲念，生怕破坏了庭院的宁静和洁净。我在欣赏、在审视一件艺术品。关于艺术品，我曾经从视觉层面将其分为五类：掌中视界，火花、微型雕刻等；案头视界，文房器具、小型摆件等；居室视界，字画、家具摆件等；庭院视界，亭台楼阁、花园画舫等；山水视界，自然山川、河流田野等。每一件

艺术品都是主人心底的寄托和期望,"普天之下,莫非王土",人生苦短,人力维艰,即使是皇帝,也不过在颐和园、圆明园、避暑山庄上实现自己的向往。

庭院的主体建筑是一座原汁原味的老房子,外立面保留原样,厢房则被全部设计为通透的隔间,每间功能各异,大致以琴、棋、书、画、烟、酒、茶的功能配置。天井被设计成配以假山的养鱼池,让人仿佛身在西湖的花港观鱼。所有漏窗皆有各色插花,其中一瓶向日葵让我想到了凡·高。院落部分,亭台楼阁、水榭画舫,一应俱全,茅棚柴堆,让我恍如走进农耕文明时代。庭院俨然一幅中国传统殷实富贵之家的生活图景,可穿梭在庭院间的是一群时尚的年轻身影,让人有种时光穿越的感觉。

正厅的上方有一匾额,上书四个大字,年轻人告诉我是"学贵有恒",可我读出了"学贵有圣",似乎都有道理。富可以一夜成之,然,贵则需恒久用力,久久为功。学富各有门道,学贵则必尊圣贤之人。匾额对面隐约几个红色空心黑体字"革命委员好"依稀可以辨识。两个时代的印记,两种文化价值的认同,让人回望过往,反躬自问吧。

走出庭院,蓝天白云,冬日暖阳。主人收拾了一座老房子,可食可宿,可游可赏。我呢,享受了庭院的精美、庭院的雅致、庭院的香茶佳肴,收拾了一天的好心情。

永远的芳华

二姐发微信告诉我，这个月的第二个周末，她和原来在铜陵工作的同事要到黄山休闲游，让我给她们安排行程，只有一个要求：将上海黄山茶林场安排在行程中，因为这次黄山之行，多半是因为她们分享了我的《上海黄山茶林场》一文后，引发了对那个时代的追忆和对亲人的想念。

二姐从小跟随着爸爸在县城长大，当时是我们家五个子女中唯一一个有城市户口的孩子。从小我不知还有一个姐姐在城里，直到"文革"，城里读书环境不好时，爸爸把她送到乡下家里，我才知道我还有一位城里的姐姐，她纤弱文静、秀丽端庄。很长时间我对她都有一点陌生感，连妈妈也把她当公主对待，好像她是我们家一位亲戚和尊贵客人，随时可能离开。所以脏活累活妈妈都让我去干，虽然她比我年长3岁，可在农活方面我要照顾她。这是妈妈的叮嘱，也是我自愿的，因为我有一个从城里来的姐姐，那是让我自豪的事，也是让我能在小伙伴们面前炫耀的底气。

由于"文革"，姐姐回到农村读书时留了一级，加上我比她早一年上学，这样我们就成了同学。小学毕业，我们同去邻村读初中，一起上学，一起放学，一起帮助妈

妈干农活，那是一段阳光灿烂的日子，那是一段无忧无虑的生活。她经常和我说起县城幼儿园好吃好玩的事，我为她能享受到那份优越的待遇而感到高兴，这也让我比同龄的伙伴多了一些见识。虽然那时农村的生活条件比较差，收入不高，但我感到特别幸福和满足。我从没见过爸妈吵架，连红脸都不曾有过，我们姐弟也从没闹过别扭、使过小性子。我们互相谦让，互相帮助，互相鼓励，一家人和和睦睦，其乐融融。直至现在我都怀念我的那个简陋而又温馨的小家。

大约在初一快放寒假时，二姐卷起书本，要离开我们班，去外地工作了。同学们都依依不舍地目送她，我更是一脸茫然，既为她高兴，又为她担忧。高兴的是，她从此离开这个条件艰苦的环境，她柔弱的身体不适宜在乡村生活，她本来就属于城市，她如同一株文竹，而我就像田间的野草，在哪都能生存。担忧的是，她小小年纪，就要走进纷繁复杂的社会和陌生的地方，她能适应吗？后来才知道，他们去铜陵市东方红百货大楼工作。

铜陵是安徽的一个年轻城市，那时叫铜陵特区，比深圳特区要早好几年，因铜矿而设立特区。也许行政特区有许多特殊政策，铜陵市东方红百货大楼竟可以像国家大型企业一样在外地招收营业员，如同招兵、招空姐一样，而且只在肥东一个县定点招工，只招城市户口的男女青年。这一消息对于一个县城来说是爆炸性的。那时，工人是一个受人尊重、仰慕的阶层，为此，所有的家庭都会使出浑身解数让自己的孩子加入这一队伍。也许是因为爸爸在招待所工作，得到消息早，又正巧接待招工的同志也搞到一个名额。当时姐姐虚报1岁才够资格。他们过早地离开家，过早地独立生活，过早地分担父母的生活压力，为弟妹们创造许多良好的条件。他们失去了接受高等教育的机会，这对他们来说是人生最大的缺憾。

1971年，一群正是风华正茂的男女走进铜陵东方红百货大楼，我想那是一道怎样的风景，如原野上的一阵春风，催开万物，生机盎然，绚丽多彩，万象更新。在那个物资匮乏、商品紧俏的年代，商店是一个城市最热闹的殿堂，营业员就是一个个受人尊敬的男神、女神。1978年我去南京上学，周日必去的一个地方就是新街口百货大楼，那时并没有多少购物的需求，就是一种说不清道不明的心理欲望，享受商店的环境，享受新颖的商品，也许只是想看一眼充满青春气息、引领时尚潮流、美丽优雅的女营业员。

也许他们最高兴的事就是每年春节回家探亲，与家人团聚。那时我总以为铜陵是一个遥远的地方，只有火车可以载着姐姐回家，所以春节前那几天，只要听到火车的鸣笛声或看到浓浓的烟雾，我就有一种希冀。我想象姐姐从一列车厢走下来的情景，火车成为我思念姐姐、盼望姐姐的一个寄托和向往，直到现在我对火车都有一种莫名的情结。那时，姐姐总会带一些好吃的和一些时尚的小日用品，放在农村的家里特别醒目。最让我喜欢和难忘的是，她向我展示她和姐妹们的合影，并向我讲述每一张照片背后的景物和故事，多年后我订阅的《大众电影》上的那些明星照也不过如此。虽然那些都是黑白照片，但我觉得里面蕴含着的许多丰富的色彩和影调永远印在我的记忆里，也就是从那时起，我认识了徐理蒙、张肥东、陈道惠、庞正琳、陈燕林……

我从不曾与姐姐的同事谋过面,但她们的名字我耳熟能详。改革开放后,她们先后离开了铜陵,又先后成家、生子,彼此间依然惺惺相惜。对于生活,对于社会的变化,对于工作,姐姐经常会有些抱怨和不甘,但每一次她都会隐忍、坚守着。我知道,支撑她生活的信念是那群当年在铜陵的好姐妹、好同事,这是她最大的财富和精神力量。有时我也挺羡慕她的,为她高兴,她也常引以为骄傲和自豪。

短短的四天行程,我再一次感受到了她们之间的纯真友谊。听她们讲述一件件往事,我的心灵得到了一次净化和洗礼,她们的善良、她们的认真、她们的执着、她们的坚忍、她们对美的追求,让我想起了严歌苓讲述的部队文工团的往事。我以为姐姐她们那一群人在铜陵的日子,也是一种别样的芳华,她们的故事也一定有电影《芳华》中的许多影子。现在,岁月在她们的脸上留下了许多难以诉说的印记,但她们依然微笑着面对生活,善良地对待每一个人。

文中的图片是她们这次黄山之行的留影,也谨以此文献给曾经在铜陵东方红百货大楼工作的所有哥哥姐姐,你们是改革开放前夜的启明星,你们曾经的芳华将永远留在历史的记忆中。

吾师黄山

这是一次改变初衷的行走。出门时，天气阴沉，云雾茫茫。半路上，天一下子晴朗开来，如絮的白云在蓝蓝的天空上高挂，那纯净澄碧的天蓝色调特别养眼。原定去桃花潭寻觅李白的诗意，"李白乘舟将欲行，忽闻岸上踏歌声。桃花潭水深千尺，不及汪伦送我情"，看到如此景致，便拨通黄山摄友、剑鸣旅行社老总剑鸣的电话。他古道热肠，旅游做得风生水起，摄影也小有名气，颇有建树，其作品入选摄影国展，曾获省展银奖。听说我们想上黄山，他也改变原定去屯溪看望孩子的计划，诚挚地邀请我们，并陪同上山。

黄山的云海，如同小孩的脸，说变就变：山下晴朗通透，当缆车把我们送至1000多米高的白鹅岭时，云雾弥漫，能见度只有约200米，兴奋激动的心情一下子滑到了冰点。剑鸣也一脸的无奈，他说，黄山景色天下奇，但组团来黄山摄影的团队极少，摄影的风险系数太高，满怀期望而来，可能双手空空而归。这样的天，黄山经常遇见，今天就要看我们的人品了。我在纳闷，轻而易举地改变初心，

这人品行吗？三人行必有我师，美术大师刘海粟十上黄山，他说："黄山是我师，我是黄山友。"有剑鸣做伴，听他讲黄山的故事，也值了，想到这里一下释然了。

摄友新哥已经在北海为我们备好了茶水，明白地告诉我们，没戏了，喝茶掼蛋吧。剑鸣说："今天就要看我的手气了。"一局下来，他的手气出奇地好。我暗暗窃喜，有戏。中饭吃了一半，看着窗外的云雾渐渐散去，远山显露，我们顾不上歇息，背上行装出门去。云在飘，人往哪跑是门学问。根据多年的观察、总结，剑鸣说，黄山的云海有时分好几层，这时你要确定自己所处的高度，还要看风的方向，这样你才能决定往哪个方向或上或下走。在他的指引下，我们疾步赶到了西海。

果然，西海大峡谷正在展示她梦幻般的奇妙景象。顶层的云海快速散开，如奔腾的野马，飘飘忽忽，左冲右突。山谷里的厚厚云雾慢慢向上涌动蒸腾，层峦叠嶂的奇松怪石时隐时现。眼前分明就是一幅幅泼墨写意的水墨山水画在快速频闪，来不及支三脚架了，只听到嚓嚓的快门声响。时间凝固了，忘却了自己，如沉浸在仙境一般。蓝天刚刚露出笑脸，瞬时被又一拨云雾遮住了。我们再一次改变初衷，不往前行了，往回撤，往下走，守在一片小树林旁。我想起一位哲人说过，美，就像远处的一丛小树林，只能远远观望，当你走近它时，原来的美一下没了，会令你失望。

再次回到始信峰，想拍一幅回望北海宾馆

的秋色。剑鸣说，前几天他拍了一幅云海、秋叶、红顶的北海宾馆，也许是绝版了，听说北海宾馆要改造了。天公不作美，宾馆的影子稍稍露出后，就再也没露脸了。

在回程的路上，我们穿行在云雾中。在路上、车上、餐桌上，我们听剑鸣讲他摄影的故事。他说，摄影已成为他生活中的一个重要组成部分，甚至是生命的一部分，他经常带着孤身一人的妈妈去野外摄影。他因为摄影结识了许多朋友，摄影给他带来了许多乐趣，他也因与工作冲突失去最佳的摄影时机而苦恼过。他说，摄影，思想是第一位的，主题、主体要明确，构图技巧服务于你的思想。

他还说，在拍摄对象面前，要多问自己，对象是什么？如何表现对象？对象的意义何在？一味地追求视觉冲击，一味地渲染色彩，有时会冲淡主题和主体。听了他的一席话后，重新审视他的黑白黄山作品，磅礴大气、凝重庄严、质朴无华，觉得他真正参透了黄山的玄机和韵味，读懂了黄山。黄山剑鸣师，剑鸣是吾师。

原乡蓝田

"欲识金银气,多从黄白游。一生痴绝处,无梦到徽州。"这是明代大戏剧家汤显祖对人生、对徽州发自内心的一种感慨。这里的"黄"和"白"分别指的是徽州的两座名山——黄山和白岳(齐云山),同时又对应黄金和白银。因为当时的徽州富甲一方,令人仰慕,无论是徽州人的人生价值观还是徽州的自然禀赋都让人们痴绝。在黄山的南麓和齐云山的北麓,有一座并不被多少人知晓的小镇,这就是皖南休宁县的蓝田镇。由于特殊的地理位置、特殊的地质构造单元、特殊的自然环境,小镇曾一度声名远播。然而,随着城市化的冲击和影响、交通线路的不断改道升级,小镇渐渐"门前冷落鞍马稀"了,成为一块逐渐被边缘化、被人遗忘的地方。当我在互联网百度搜索中打出"蓝田"一词时,却很难找到介绍休宁蓝田镇的条目。为了让更多的人认识蓝田、了解蓝田,让我们拂去岁月的尘埃,撩开蓝田神秘的面纱,走进它,去感受美丽的自然风光、神秘的地质遗迹、厚重的人文风情、醇美的徽州味道。

1987年,瑞士联邦理工大学教授许靖华来到徽州,去了歙县许村寻根问祖后,应邀对徽州的大地构造做一番考察。他在考察皖南休宁蓝田地层构造时发现，这里大面积的元古界地层中，出露了一小块晚古生代的地层。据此，他提出了一个大胆的推断和假设：在蓝田发现的这一现象是一个典型的地质构造窗。他的这一推断和假设震惊了当时的地质学界，有人认可，也有人质疑，认为这是正常的古海峡沉积，或者就是一个残留的向斜地质构造。何谓构造窗？通俗地说，就是老的地层被推移并覆盖在比它新的地层上，由于局部遭遇风化剥蚀又露出了新的地层，等于说地表开了一个"天窗"。地球表面地壳的岩石地质构造，一直是地质学家争论不休的一个领域，围绕着纷繁复杂、丰富多样的岩石地质构造形迹的形成和变化，产生了不同派别的大地构造学说。有人说，地球表面是由各种不同形状和类型的地质板块构成的，并且这些板块在不同时期发生漂移，直至现在它们仍然在移动，一刻也没有停止。这就是所谓的板块构造学说或大陆漂移说。也有人说，地球表面主要由两个大的构造单元组成，一个是活动单元，一个是静止单元，活动的称为"地槽"，静止的称为"地台"，这就是所谓的槽台学说。还有人认为地球表面会受到各种营力的作用，发生变形变化，不同的作用力会产生不同的构造形迹。这就是所谓的地质力学观点。所有这些学说都是建立在假想基础上的，我们无法去再现，在自然界面前人类依然渺小。所以说在地质行当中有这样一句话："大构造胡说八道，小构造吵吵闹闹。"许靖华是旅欧国际著名地质学家，曾担任过国际地层学会主席，1929年生于南京，1948年从国立中央

大学地质系毕业，同年赴美，获硕士、博士学位，1967年移居瑞士。蓝田是否存在构造窗，许靖华留下了一个谜团，有待我们慢慢去解开。相信热爱自然科学特别是地质学的人，一定会对蓝田充满期待和向往。

生命的起源，一直是人类孜孜不倦地探求的一个重大课题，也是自然界迄今为止的一个谜团。澳大利亚埃迪卡拉生物群和云南澄江生物群的发现，让地质学家欣喜不已，他们似乎找到了地球上最早的生物遗迹和痕迹化石，据此，他们把生命的起源定格在元古界，距今5亿多年。然而，2011年2月17日英国《自然》杂志刊登了一篇由五位中国科学家研究撰写的论文，他们向全世界宣告自己在安徽省休宁县蓝田镇找到了6亿年以前在50—200米的浅海中存在过"高等生命"的证据。加拿大女王大学教授、国际早期生命研究专家格·纳波尼称："中国科学家的研究是一个重大发现，为人类研究地球'高等生命'打开了新窗口。"南京地质古生物研究所对休宁县蓝田

生物群化石的发掘研究认定，蓝田生物群距今6.35亿—5.8亿年。这一重大发现，把"高等生命"的起源向前推进了近4000万年。地球上生活着许许多多包括人类在内的肉眼可见的生命，几乎都是多细胞生物，即人们常说的"高等生命"。那么，"高等生命"的祖先是什么呢？中国科学院南京地质古生物研究所研究员袁训来指出，它们的名字叫"蓝田生物群"，最大的有15厘米，最小的只有0.5毫米，生活在海平面以下50—200米的地方。此前，古生物学界一直认为，距今5.79亿—5.4亿年的澳大利亚埃迪卡拉生物群是最古老的"高等生物"。遗憾的是，科学家们找到的只是埃迪卡拉生物群的痕迹化石，由此得出的认识都只是推断。"我们在蓝田找到的古生物化石，是实实在在的证据。"袁训来说，此次共发现15种不同形态类型的生物。蓝田生物群突破了生物由单细胞向多细胞过渡的"瓶颈"，正是有了它们，才有了现在这样的多样世界。

地球表面由沉积岩、岩浆岩、变质岩三大类岩石组成，通过对岩石的研究，我们知晓了岩石形成的机理和岩石的来源，以及岩石给人们生活带来的影响。然而，与人类息息相关的还是沉积岩，因为通过对沉积岩的研究，我们可以探求生命的起源，了解古地理环境、古气候条件对生物进化的影响。地质学家倾注最多精力和心血的就是对沉积岩的研究，获得成果最多的也是在这一领域。沉积岩可以说是自然界的一部最为神秘的天书，也是一部最为丰富的史书，还是一部最为美丽的图书。现存于地球表面的各类沉积岩是在各个地质时期和不同的沉积环境及条件下形成的，但又受到地质构造的影响，发生了各种变形和错位，因而完整地保留了沉积序列以及生物遗迹化石的沉积岩地区，就显得弥足珍贵了。因此，国际地质学界达成一个共识：将各个地质时期沉积的具有典型意义和特征的一套沉积地层冠以标准地质层型剖面，并"钉"上

一个"钉子",典型的剖面则被"钉"上"金钉子"。我国湖北省三峡地区的震旦系剖面、浙江省常山地区的奥陶系剖面,都被国际地质学界"钉"上了"金钉子"。也许因为中国有了三峡震旦系标准地质层型剖面,皖南休宁蓝田震旦系标准地质层型剖面,再也难以获得"金钉子"荣誉,但蓝田标准地质层型剖面的地质学价值丝毫不比其他地区低。蓝田震旦系剖面出露完整齐全,组与组之间界线清晰。从标准地质剖面的定义来看,蓝田地区完全符合条件,它具有全球或全国对比意义的年代地层单位界线层型剖面(GSSP)、区域性岩石地层单位的命名剖面、反映重要构造运动界面的地质构造剖面、著名古生物化石、典型地质与地貌景观。蓝田震旦系的剖面自下而上分别为休宁组、雷公坞组、蓝田组、皮园村组,所有这些地层均以当地地名命名。我们在蓝田地区找到了最古老的生物化石,看到了最为经典的喀斯特地貌景观。

喀斯特原是南斯拉夫的一处地名,由于这里出露大面积的石灰岩岩溶地貌景观,因此,地质学专家把这种地貌景观统称为"喀斯特地貌"。与此类似,丹霞地貌就是以广东韶关丹霞山命名的,是指中生代红色石英长石砂岩地层露头。喀斯特地貌是中国分布最为广泛的一种地貌,主要分布在我国南方地区和长江中上游一带。最负盛名的有云南石林、广西桂林阳朔山水、重庆武隆天坑等。我省也有几处喀斯特地貌景观,其类型主要以岩溶洞穴为主,如广德的太极洞、石台的蓬莱仙洞、宣城的龙泉洞。徽州的大地构造位置处于江南古陆的北缘,主要以元古界变质岩为主,其间有中生代大面积花岗岩出露,只有少量的石灰岩出露。最近,黟县在西递叶村大周山一带发现了喀斯特地貌，通过挖掘清理发现了大周山石林景观，虽然从面积和地貌特征来看不能与云南石林相提并论，但从所出露的石灰岩的形状以及岩石的构造特征来看属于独特的类型。大周山的石灰岩纹理特别细腻，纹饰特别漂亮，显示了较为规则的沉积韵律，说明这里当时是一片安静的沉积环境。而大周山正处在蓝田构造窗的中心地带，在蓝田镇附近我们也可以见到这样的地貌，只是蓝田没有被挖掘开发，风化的黏土掩盖了它本来的面貌。

由于独特的水土和气候条件，徽州盛产茶叶，中国十大名茶中，黄山毛峰、太平猴魁、祁门红茶、休宁松萝、屯溪绿茶久负盛名。蓝田多中低山地，宜种茶。变质岩深度风化后形成的黏性土壤，决定其所产茶叶适宜制作炒制型的绿茶。蓝田最美的茶园当数金龙山，茶园建在山坡上，一层层梯田一层层绿，"晴时早晚遍地雾，阴雨整日满山云"，嫩绿嫩绿的新叶在春风的轻拂下婀娜多姿。有的整座小山包上全是茶园，极目远眺，一片浑圆，呈现出特别优美的曲线。每当雨过天晴，金龙山都会出现气势磅礴的云海，时而弥漫缭绕，时而浪涛翻滚，美不胜收。夏日的晚霞七彩斑斓、流光溢彩，如人间仙境一般。金龙山也因此成为黄山最佳摄影点。

2011年，中央电视台准备拍摄一部美食类纪录片《舌尖上的中国》。与以往所有美食类节目不同的是，这次拍摄不仅仅从食材和制作方面入手，更重要的是要展现深藏在美食背后

的中国多元的生态系统，中国特有的地域生活方式、生存智慧，展现由食物联系起来的乡情和亲情。总之，这部纪录片要力图摆脱广告式的宣传老调，摆脱现代工业化的宣传模式，体现中国家庭温馨亲情的一面，是一部具有浓郁的乡土气息和带有乡愁情结的片子，让观众在纪录片中找到自己曾经的影子，唤起观众丰富的联想和回忆。中国美食浩瀚如海，选择拍摄对象成为摄制组最为难的工作。摄制组来到徽州，地方同行给他们推荐了大量的徽州美食素材，他们在山野里跑了几天，总觉得缺少点什么，不尽如人意。5月的一天，当他们来到休宁蓝田，走进方鑫玉的豆腐坊时，他们似乎找到了他们需要的东西。一连几天，他们没有急着开机，而是与这一家人谈心，消除拍摄对象紧张情绪的同时，进一步挖掘深藏在豆腐制作背后的故事。他们以徽州毛豆腐为切入点，以一个农村妇女日复一日的辛苦劳作，以及女儿无怨无悔的传承作为背景，既讲述了豆腐制作的流变过程，又展现徽州女人的性格特质，以及徽州人家的亲情和创业的艰辛。摄制组在徽州还选了米酒、臭鳜鱼作为拍摄对象，然而，用时最长的还是毛豆腐，给观众印象最深的也是毛豆腐。《舌尖上的中国》从2011年3月开始大规模拍摄，历时13个月拍摄完成，这也是国内第一次使用高清设备拍摄的大型美食类纪录片。2014年，中央电视台三套《回声嘹亮》栏目还将方鑫玉一家请到中央电视台演播大厅，听他们讲制作毛豆腐的故事。

　　中原和江南一带的饮食习惯还是荤素搭配，素主要以蔬菜瓜果为主，荤主要以鸡、鸭、猪、牛、羊为主。在中国，家庭肉食方面主要的原材料还是猪肉，因此，猪肉往往成为食品价格的"晴雨表"，也是政府主导的重要的"菜篮子"工程中的一项。其中，皖南花猪是全国重点推广的19种公猪之一，已被编入《中国猪种》一书。皖南花猪，追本溯源，就是休宁蓝田花猪。相传居住在蓝田的祖先山越人，用弓箭、木制的捕兽笼和毛竹制成的吊弓狩猎，将捕到的野猪关在木栅栏里养起来，经过长期驯养，遂成为蓝田花猪。也有人说，蓝田花猪是当地猪种与外地猪种杂交而成的新品种。蓝田花猪体型较小，毛色黑白相间，花的形状有"大花""小花""马鞍花""两头乌""乌云盖雪"等。蓝田花猪的主要特点有三个：一是瘦肉多，肥肉少，营养丰富，肉味鲜嫩；二是吃不择食，饲养成本低而平均日增肉275—350克；三是产猪率高，初产母猪一次能产崽8—10头，经产壮母猪一次能产崽10—14头，产崽率接近金华猪，高于五山黑猪和蒲田猪。

居住在山里的人们在选择栖身之地时，总是考虑到充足的水源和可以垦荒的土地，即人们常说的"前有照，后有靠"。然而，当走出大山闯世界时，他们遇到的第一个难题便是如何跨过横在家门口的河谷。桥便是他们沟通外界的重要工程。桥的发展变化的历史，也是山里人生活发展变化的一个缩影。山里从木制的板凳桥到石块堆砌的拱桥，从砖砌的多孔拱桥到既可通行又可提供休息之所的廊桥，桥从简易向精制，从单一功能向多功能转化。岭下桥，明代古廊桥，又名"拱北桥"，位于黄山市休宁县蓝田镇岭下村夹溪河上。该桥建于明代万历年间，至今已有400多年历史，是目前黄山市保存较为完好的4墩5孔古廊桥之一，长70米，宽5米，高7.6米，也是安徽省尚存最长的古廊桥，2012年被列为安徽省文物保护单位。桥上建有遮风避雨的木长廊，廊屋内设靠背长条凳，供行人休息，这是一座古色古香的"廊屋桥"。

1934年，方志敏率红军抗日先遣队过境，曾在桥上夜宿。桥面原为石板，后被山洪冲毁，改为木板桥面。1980年至2003年，岭下桥数次被洪水冲圮，县里数度拨款重修，因为蓝田人既把这座桥作为一处历史文物，又作为他们心中的一种精神寄托。

徽州人把程朱理学作为修身齐家的重要参照，十分注重人格的塑造、家庭的和睦、社会的安宁、国家的长治，即使村落闭塞，家道中落，也不废诵读，"万般皆下品，唯有读书高"成为他们改变命运的至理名言。在这种浓厚的人生价值观念的驱使下，徽州的教育在明、清两代盛极一时，开办了许多不同形式的书院和学堂，也培养出许多名满天下的学者大儒。周诒春，男，汉族，祖籍休宁蓝田，生于湖北汉口，1907年毕业于上海圣约翰大学，1912年任南京临时政府外交部秘书，同年10月任清华学校副校长，1913年8月任校长，1918年1月去职，1958年8月在上海病逝。周诒春任清华学校校长4年多，他着眼于民族教育独立，最先提出把清华由留美预备学校改办成完全大学的计划，于1916年4月呈文外交部，申请逐渐扩充学程，设立大学部，并得到批准。在教育方面，他倡导"着重德智体三育"的方针，推行"端品励学"和体育"强迫运动"，"完全人格为宗旨"。民国三年（1914年）冬，周诒春邀请梁启超先生到清华演讲，梁以《君子》为题，引述《易经》中"天行健，君子以自强不息"及"地势坤，君子以厚德载物"勉励同学。梁提出，君子犹天之运行不息，不屈不挠，犹大地之博，无所不载，以此勉励清华的同学。周遂将"自强不息，厚德载物"作为清华校训，直至今日。周诒春强调，清华学生既受特别权利，当奋发有为，力戒虚骄自大、贪安好逸；当群

策群力，同气同声，以挽救国家。他极力提倡团体活动，注重培养学生着眼于大体、不谋小团体利益的集体精神与合作意识；注重培养学生的爱国主义精神，力求拥有良好的社会公德与团结协作精神。清华园充满了"高尚合乐的气氛""实践合群生活的方式"与"服务爱国的精神"。直至现在，这些理念依然鲜活时新，具有很强的指导意义。位于蓝田镇迪岭村的周诒春故居，现在是安徽省重点文物保护单位。这是一座普通的徽派民居，简陋的装饰表明当时周家并不显赫，其父当年在汉口经营茶叶也仅能维持生计。

"山不转水转，人不转腿转。"作为自然山水的蓝田，小镇依然风光无限，美丽如初；作为历史人文的蓝田，小镇正在悄悄发生嬗变，文物遗存渐渐流失散落，地质遗迹或被掩埋，或遭破坏，传统的手工作坊正面临现代化机器大生产的挑战，技艺也渐渐失传，人们的生活方式和价值观念也受到城市化和市场化的极大冲击，村落正在慢慢萎缩，山里的生活缺少活力和生气。如何重振蓝田昔日的辉煌，让古老的山间小镇更加美丽、更具特色、更有活力、更显韵味，是摆在每一个蓝田人心中的一道命题。

香茶红颜

提起祁门红茶，我总喜欢用"香茶红颜"加以描述和形容。一位日本茶馆的老板曾写了一本书《亲手泡杯好红茶》，对红茶种类、特色、口感以及冲泡方法都做了比较详细的介绍。这本书也是他长期开茶馆的一种感悟。他对印度大吉岭红茶、斯里兰卡乌瓦红茶与祁门红茶做了比较，这是他长期饮用并听取顾客意见后的真知灼见。他在描述祁门红茶时提到，祁门红茶色泽红艳，并在杯边有一条金黄色的亮边；同时，他称赞祁门红茶有一种淡淡的兰花的香味，并伴有一点涩味，以为这一点特别值得称道，对涩味的品尝也是一种难得的享受，只是我们不大习惯而已。人们常常把红茶、干邑、雪茄、咖啡同归一类，因它们都自有一种特殊的口感，是奢侈品，也是调和口味的上佳选择。它们都需要在一种特别的环境里，怀着一种特别的心情来品尝。

祁门红茶外形条索紧秀、色泽乌润、金毫毕现，味醇甘厚，以清香持久、似花似果又似蜜的"祁门香"闻名于世，是与印度大吉岭红茶和斯里兰卡乌瓦红茶齐名的世界三大高香茶之一，享誉海内外，有"王子茶""茶中英豪""群芳最"之美称，曾四次蝉联国际金奖。祁红也曾红极一时,香飘海外。在近代,中国有三件东西让外国人特别是西欧人感兴趣,大约也是那个时代中国人引以为傲和可以出口换取外汇的主要商品,这就是丝绸、陶瓷和红茶。它们既是土特产品,也是手工艺品,凝结着中国人的聪明智慧,对于外国人来说这无疑也是奢侈品。丝绸和陶瓷不用多说,大家觉得好理解,为什么外国人会喜欢红茶呢?中国产茶历史悠久,是一个产茶大国,但作为国饮和茶中上品的不是红茶。中国的几大名茶大多数是绿茶。中国人对于饮茶也自有一套讲究,绿茶的时鲜、清香以及泡在杯中的叶形,确实透出了一种意境。然而,从制作工艺来看,茶叶分为发酵、半发酵和不发酵茶。不发酵的绿茶难以保鲜,极易氧化甚至变质,这也正是绿茶难以远销海外的致命弱点。而经发酵的红茶经过化学作用,茶性相当稳定,且富含谷氨酸等有机质和令人兴奋的咖啡碱,并有减肥的功效。同时,红茶还可与其他饮品勾兑,具有特殊的口感,因而成为当时生活富裕的英国皇室等上流阶层下午茶的首选饮品。我国云南的普洱茶通过茶马古道远销海外,也是同样的原因。

红茶深受人们的喜爱,影响红茶品质的最关键因素是茶产地的水质、土壤、气候条件。"橘生淮南则为橘,生于淮北则为枳。"祁门是徽州西部一个典型的山区小县,从地质构造、位置分析,祁门地处江南古陆的北缘,与江西浮梁接壤,其山石主要为

前震旦时期的浅变质的板岩和千枚岩。由于岩石年代久远，遭受风化的程度相对比较深，又因气候温和、雨水丰沛，祁门茶区自然环境优越——山峦起伏，溪流潺潺，土质肥沃，气候温和，云雾弥漫，春夏时节更是"晴时早晚遍地雾，阴雨成天满山云"。祁门茶树品种优良，祁门种（祁门槠叶种）是祁红的高级原料，是国家级珍贵的茶树有性种资源，蜚声中外。在祁门茶树群体品种中，槠叶种占81.8%。"祁门香"是祁红品质的特征。世界三大高香茶中，祁红尤为殊异，只有印度大吉岭红茶可与祁红竞争。但大吉岭红茶加入牛奶后，香气低乏，而祁红加入牛奶后，汤色仍保持粉红而鲜，香气不减。光绪二年（1876年），余干臣、胡元龙创制祁门红茶成功，祁红遂取代安茶和绿茶，逐渐走向国内和国际市场，并于1915年获巴拿马万国博览会金奖。祁红，凭借一泓昌水，绕过重重关隘，漂洋过海，引领了20世纪初世界最发达地区的时尚生活方式。

端午断想

端午过完了,总觉得缺点什么。气氛吗?仪式感吗?归属感吗?好像都是,又好像都不是。端午是一年中一个重要的节点,又是一种传统文化现象、一个神话传说。中国大多数的传统节日似乎与吃有着密切的关系。端午有吃粽子的习俗,传说包粽子是为了抛到汨罗江中喂鱼,以示对屈原的怀念。端午喝雄黄酒,可能源于神话故事《白蛇传》。端午吃绿豆糕,似乎与气候临夏有关。据说有的地方端午要吃"三黄"——黄瓜、黄鳝、雄黄酒。有的地方还加上黄鱼、鸭蛋黄。端午家家门口插艾草、菖蒲,据说是为了辟邪,还可以防蚊虫。

这个端午我身处他乡,似乎淡忘了节日应有的内容与意义,没有嗅到艾草、菖蒲的清香,也忘了吃粽子,雄黄酒都不知上哪买,更忘了吃"三黄""五黄"了。总之,心里惶恐得很,少了一些笃定。

端午,每个地方都会组织一些诸如赛龙舟、集体包粽子免费送吃等活动。对于这些热闹去处,我总觉得缺少那份庄重与虔诚。微信上照例热热闹闹地互发一些早已制作好的祝福和问候的卡通图案。据说,

只能互道"安康",不提"快乐",原因可能与纪念屈原、伍子胥、曹娥有关。

儿时的端午,印象深刻的自然离不开吃。这是一年中收获的季节,也是对大忙季节辛苦的人们的犒劳。田园里的时令瓜果蔬菜上市了,又一拨鸡鸭长大了,腌制的鸭蛋也出坛了,小村里家家户户新榨的菜籽油散发着诱人的清香。平时人们很少赶集,端午前必上集市带回一样东西——艾枝条,无论是新家还是老屋,门前总少不了插上几根艾枝条,就像春节贴春联一样。总之,一提起儿时的端午节,总觉得唇齿留香、回味悠长……

比起其他传统节日,端午似乎承载了太多的习俗和文化现象,不像清明节、中秋节指向单一、纯粹。当人们对一个传统节日的价值取向模糊不清时,那份崇拜就要大打折扣了。这个端午节感觉有点冷。

大爱如山

一辆解放牌卡车在蜿蜒崎岖的山路上颠簸前行,有的路段被山边的溪水漫过,车轮不时溅起大片的水花。远处的山峦,白色的烟雾在慢慢飘动,一道雨幕就在眼前。这是皖南梅雨季节,一进山就遇上这瓢泼大雨。站在敞篷车上,穿一袭军用雨衣,心绪像这天气一样潮湿阴冷。从乡村到都市求学,现在又回到皖南山区的乡村,我的心头五味杂陈,一片茫然。面对未知的工作岗位与环境,我心里充满惆怅,还有点莫名

的担忧。第一次独自走上工作岗位，我没有丝毫的兴奋，遇上这恼人的天气，心情一下坏到了极点。

1980年，我和汪应庚同学一起被分配到332地质队三分队（普查分队）黄山茶林场地质矿产普查组。报到那天，迎接我们的是一位中年汉子，他浓眉大眼，身躯宽厚，脸庞红润而略显黝黑，招呼我们的声音低沉而又浑厚。这是那个年代为人父的男人特有的标准声调，具有磁性，按现时的说法，叫作"烟腔"或"酒精嗓"。我特别熟悉、喜欢这种声调，它给人一种信任与安全感，因为我父亲也是这种声调，我一下子觉得异常亲切和温暖。大家都称他"刘工"。

组里十几个人全部住在上海黄山茶林场的一个被腾空的、原本堆放茶叶的仓库里，四周摆放着一张张单人床，中间是几张办公桌。地质技术人员除刘工外，还有韩工、苏勇强，加上我们俩，其余是工人和后勤人员。一切摆放得有条不紊、纹丝不乱，彰显了组里的管理水平和要求。让我特别好奇的是，拐角处摆放着一张康乐棋桌，这是组里唯一可以娱乐的器材。打康乐棋是那个年代年轻人迷恋的娱乐方式。少年不知愁滋味。在学校里就好动的我，来到这荒凉寂寞的山里，特别不适应，康乐棋成为那时我消磨时光的伙伴。刘工看在眼里，但一次也没有当面制止。没人的时候，他婉转地告诉我，不要沉迷于游戏。我羞愧地低下头，有些无奈，又有些委屈。第一年收工回队整理资料期间，刘工特意请我们到他家里做客。少年不经事，待我成家后，我才感觉到那一顿饭的珍贵。师母也是一个大学生，在队里的资料室工作，平时很严肃，但那次非常热情，让我们感到无比温暖。后来我猜想，那次刘工少不了会受到师母的嗔怪。这也是我唯一一次到队里人家做客。

经过一年多的普查，提取样品，分析化验，我们在这里发现了一处具有一定品位与规模的白钨矿床。为了探明储量，队里决定上钻机进行深度探矿，人员一下子增加到五六十人。刘工既是行政负责人，又是技术负责人。仓库无法安顿那么多人，我们全体人员搬到茶林场附近的西文村庄居住。离开农村，我像摆脱了一个无形的魔兽一样轻松愉快，可现在又要住到农家，心里总觉得不舒服，堵得慌。刘工好像看出我的心思，悄悄地安慰我说："你们俩新来，把你们安排在只有一位老人居住的人家，就在我的对面。"

那时刘工是最忙碌也是最操心的一个人：生活上、生产上既要与上海人打交道，又要与当地农民处理好关系；既要处理损伤茶园林木田地的补偿矛盾，又要解决地质、钻探、山地工以及后勤保障之间的诸多矛盾并进行工作安排。后来普查组升格为分队，人来人往的情况更多，有地质技术辅助勘探人员的到来，有地方政府与队上领导的光临，每次来人刘工都热情接待。那时没有公款接待一说，都是刘工自掏腰包买酒买菜。他白天忙于协调，晚上又要应酬，工作留待深夜，我不知道他熬过多少个夜晚，每天早晨我去他的办公室，只看见桌下一地烟蒂。我心里总有一种预感，这样下去他会毁伤自己身体的。

从矿产普查转入矿产勘探，涉

及地质各方面的技术手段和程序,是对一个地质人员综合素养的锻炼和考量。从事地质工作10多年,刘工一直在皖南山区野外工作。他曾说起过野外工作的几个地方:古门坑、伊坑、水竹坑、黄土坑……徽州山区凡带"坑"字的地方,大多是交通不便的深山窝。当年跟在刘工后面,我不觉得苦和累,对工作他充满了激情,满怀执着。一次测量一条地质剖面,途经一处陡崖,我心里想,我们完全可以平移线路绕过它,然而刘工坚持走原线路,硬是用绳索将我们一一放下去完成任务。前两年去茶林场,我在那处陡崖凝视了许久,如果搁到现在,为了安全起见,谁也不敢去担这个风险。白天,肉眼很难识别白钨矿,很容易将它与长石类矿物混淆。它有一个特性就是有荧光反应,所以我们经常要在夜晚带上荧光灯去探矿。刘工总是亲自带队,当发现有荧光反应的矿石时,他特别激动和兴奋。现在想想都有点后怕,谁不小心滑倒都会有危险。钻机钻探时我们经常半夜三更到现场,岩芯编录从不过夜。那个年代,从事地质工作的同志大多有一种革命的英雄主义和浪漫主义精神,短暂的人生与他们研究的地层年代相比如同大海的一滴水,微不足道,没有谁会去考虑身体健康和安全问题。

刘工给我留下的深刻印象就是他不厌其烦、乐于助人的精神和品格。那时物资紧缺,但茶林场可以买到上海时新和优质品牌的商品,队上许多同事经常托刘工买这买那,甚至又脏又重的烤火木炭都要托他买。我从没有看到刘工抱怨过,他总是乐此不疲，有时卖着面子找上海人帮着购买紧缺商品。那时工作虽然辛苦，但和刘工在一起，生活充满情趣。

刚实行改革开放那会，百废待兴，百业待举，各行各业都急需从技术人员中抽调优秀分子走上领导岗位。刘工就是在那短短三四年时间里，从一名地质组长，到分队长，走上大队长的领导岗位。那时我已调到队团委工作，与刘工同在一个办公楼。刘工最大的爱好就是看译制片，我帮着买电影票是常事。那时要求解放思想，为了丰富职工的业余文化生活，团委定期举行交谊舞会，只要邀请刘工，他都欣然答应。在舞场上，我见到一个不一样的刘工，舞姿潇洒，舞步标准，我这才真正认识了这个工作认真、生活充满情趣、有修养的全能型领导。没多久，刘工再次被提拔，任安徽省地矿局纪检组长，成为一名厅级领导。我也因故调到地方工作，与他见面的机会就少了。令人欣慰的是，我与刘工之间的忘年情谊至诚至纯，没有一丝丝杂念。愧疚的是，我从未去省城看望过这位对我为人处世有着巨大影响的好导师、好领导，直至他弥留之际，我们也没有再相见。

2018年春节前，刘工女儿给我打电话，告知我她爸爸已于20多天前离开了人世。悲痛中谨以此文悼念我的恩师、我的领导，愿他在天之灵依然放射光芒，照亮我们前进的道路。安息吧，我永远崇敬的恩师——刘德明！

歙之砚铭

30年前，当程工将他出版的《中国歙砚研究》一书赠予我时，我激动与兴奋的心情难以言表。这是我生平第一次获得作者签名盖印的图书，从工整的签名上完全能感受到程工与同事分享写作成果的那份喜悦。20世纪80年代初，全民对知识、对书籍的渴求成为那个年代一道最美的风景线。那时出版社对作品要求相当高。书薄薄的，仅仅90多页，由中国展望出版社出版，定价1.7元，穆孝天作的序。穆孝天时任安徽省博物馆（现为安徽博物院）馆员，在书法、史论、文学、艺论等方面均有很高的造诣，不知道程工是如何与他相识相惜的。穆孝天是我的高中英语老师，那时要求进行学工学农的锻炼，我们一帮同学跟他学习中医，他的综合素养以及对艺术的鉴赏评价眼光是相当高的。正是这个缘由，加深了我与程工之间的关系，我们成了忘年交，成了推心置腹的同事。

那时也是百业待兴的时期，受歙县人民政府的请托，省地矿局将徽州地区砚石普查项目下达给332地质队。当时歙砚作为出口工艺产品，是可以换取外汇的。传统的歙砚原料多取自婺源龙尾山一带，而婺源隶属江西，歙砚厂很想寻求自己的原料产地。作为一个野外地质队，我们寻找过各色金属、非金属矿产，寻找砚石却是大姑娘上轿头一回，地质专业书本上也没有介绍。再说，这种项目也没多少资金支持，又属"疑难杂症"，谁也不想把时间和精力耗在这样的小儿科身上。再三斟酌后，队上决定请程工组建普查组，完成这一任务。队上看中程工，我现在琢磨可能有几点原因：程工为人厚道，只要组织指派，他不会挑三拣四的；程工不是地质科班出身，脑子里条条框框很少，他又是本地人，熟悉地情，业余爱好美术，对文房用品有感情。

果然，程工二话没说，接了这个出力可能不出活的差事。找其他矿，根据前人的地质资料以及采集样品的化验检测报告，一般可以确定一个靶区。砚石普查可以说如大海捞针一般，所采的样品经过检测化验后还难以说明问题，经验与直觉是一个重要因素。接到任务后，程工凭着壮年之躯，又仗着贤妻给他照看一双儿女，从不给他添麻烦，像个拼命三郎，3 年多时间里他跑遍歙县、休宁、黟县、祁门、婺源、玉山一带的荒山野岭，勘探线路 5000 余千米，控制面积 2000 平方千米，对 29 处矿点进行系统采样。为了获取宝贵的原石，在野外工作时程工不慎摔断了腿，卧床 9 个多月。

我想，如果当时能跟在他身后工作该有多好啊！他平时很幽默，野外的生活一定会充满乐趣。那时我也有广泛的兴趣爱好，跟在他身后一定能学到许多东西。他常常和我提起自己有一个好妻子，最为内疚的是对不起孩子，最为遗憾的是没能进专业院校学习。当年地质系统缺少地质专业人才，就从地方上挑一批优秀的中学毕业生，经过短期培训，就从事地质一线工作了。因此，他后来所获得的专业素养和专业高级职称，完全是他刻苦自学以及长期野外实践得来的，他所付出的辛勤和努力不知要比常人多出多少倍。

后来他又陆续出版了《歙砚丛谈》《歙砚与名人》两本书，分别由中国科学院与工程院双料院士、省地矿局总工程师常印佛和《中国地质报》安徽记者站站长许东勤作序。那时我已调出地质队,到黄山市纪委工作,他专程到我办公室,将他签名的书送给我。我一直珍藏,反复阅读,渐渐地,我也成为一名歙砚爱好者。这两本书也成为砚雕的入门秘籍和鉴赏之钥,很是畅销。

由于长期的野外工作对体能的损害、长期的伏案工作对心力的损耗,加上家庭遗传性的因素,他过早地有血压高、手颤抖的毛病,后来眼睛也出现了问题。当时,出版社请他到北京撰写《中国歙砚大观》一书,那时他的身体已非常不好,但他淡淡一笑,欣然前往。为了家乡人民,为了他珍爱的事业,他可以说是鞠躬尽瘁。

如果他仅仅从事一项专门工作,凭他的乐观天性、与人为善的品性、其乐融融的家庭氛围、良好的生活习惯、俭朴的生活方式,他可以颐养晚年。他可以说是太累了,用"只争朝夕"形容不为过。那时省地矿局非常重视意识形态工作,每年都要对各个地质队的宣传报道和文学艺术创作进行评比,并办有地质简讯、地质论文征文、《山野文学》杂志。作为一名野外地质工程师,他一样也不落。蜗居在10平方米的单身宿舍里,他又画画,又写宣传报道,还写散文,每年省局评奖他常拿一等奖。我是队上的宣传干事,经常与他一起去领奖。那是我们最开心的日子,为能给队上争得荣誉倍感自豪,人们都用羡慕的眼光看着我们。程工也因此认识了许多领导和朋友。他的国画牡丹已经可以作为礼品了。我的家中至今还珍藏着一幅程工为我父亲60岁生日所作的

牡丹图，竖幅四尺整张，上下两丛牡丹，色彩浓郁，写意的花瓣形神兼备，曼舞的蜂蝶恋着花蕊，如鲜活一般。当时请队工会的章仁法题的款。我父亲生前非常喜欢，只在春节期间挂在厅堂上，一挂上墙就觉得蓬荜生辉，那也是那个年代我们家用来烘托节日气氛的最名贵的艺术品。那时不经事，不知天高地厚，仗着程工好说话，干过几次为朋友求画的事，他从来没有二话，总是满足我的要求，没要过一分钱。退休后我与他很少联系，只是前几年去歙县出差时特地请当地的朋友带我看望他一次，对他的亏欠永远难以补偿，他的音容笑貌永远铭刻在我的记忆里。

如今歙砚已经成为黄山市的一张名片，成为工艺品中的瑰宝，也产生了许多工艺美术大师和爱好者，但我们要永远记住一位歙砚的拓荒者，他用他毕生的精力甚至生命为我们铭刻了一段歙砚历史、一块里程碑。

程工，我最崇敬的老师、同事程明铭也。

尘封的记忆

初夏的一个午后，我与黄山画院的洪波一道拜访叶善祝。歙县老城，练江河畔，叶善祝的艺术工作室古色古香。这是一座二层砖瓦结构的徽派小楼，飞檐翘角，墙面的青砖严丝合缝、笔直平整，院落曲径通幽、整洁有致，就像一座老式的私家公馆。小楼内用花窗隔断成不同形状的区间，展出了他不同时期不同风格的绘画作品。吸引我目光、打动我心灵的是一幅幅黄山松水墨画，枝如钢针，干似铁骨，铮铮挺立，透出一股顶风傲雪的精神。叶老已经是奔八的老人，丝毫没有暮气，他精神矍铄、清瘦干练、思维清晰、穿戴讲究，对生活充满了热爱。我们围坐在茶桌前，叶善祝娓娓道来，为我们打开了一段有关歙砚的尘封的记忆。

歙砚的历史最早可以追溯至南唐，但晚清以后，由于种种原因，歙砚销声匿迹，濒临消失。当时地处婺源砚山的四大名坑之一的砚矿因倒塌砸死人，被迫关闭。从晚清至解放后相当一段时间，歙砚处于一个断代期。歙砚的历史我们可以充满想象，编撰许多令人回味的故事。然而，解放后，歙砚如何一路走来，这个脉络是清晰而鲜活的。叶善祝如是说。

根据周总理关于要充分挖掘传统文化技艺遗产，为发展国民经济排忧解难，为国家创取外汇的指示，安徽省要求徽州地区开发徽墨、歙砚两项传统工艺产品。1963年，歙县成立歙砚砚雕生产合作社。当时只能请一帮砖雕老艺人尝试砚雕，县里由胡灶苟负责。县里还专门组织一帮人赴婺源龙尾山开采砚矿。第一批产品送到上海,请书画家们试试笔墨,反馈回来的意见是砚料好,但雕工粗糙。

意见传到了安徽省委宣传部副部长、省美协主席赖少其那里。赖少其当时刚从上海美协调任安徽,他当即决定选派两名同志赴上海工艺美术研究室(所)学习砚雕。省里派孙惟秀同志,徽州推选叶善祝。叶善祝当时在歙县仪表五金厂,属手管局管辖,因一手好字被大家认可。他们师从上海工艺大师张景安。张景安曾拜晚清砚雕界巨擘陈端友为师。从1964年3月至1966年4月,叶善祝在上海学习砚雕整整2年,可以说他是解放后歙砚砚雕受过工艺专业训练的第一人。叶善祝归来后,歙县将竹编厂、纸扇厂与歙砚生产合作社合并成立了歙县工艺厂。

叶善祝回到歙县,接到的第一个重要任务就是雕琢一方砚送到首都。向毛主席献礼是那个年代最光荣而又神圣的事。厂里组织一班人开始制作,从几十吨的砚料中挑选一块没有任何瑕疵的,经叶善祝精心设计并刻上铭文,一方端庄大气的歙砚完成了。直至10多年前中共中央办公厅毛主席纪念堂管理局的同志来到歙县,他才知道,毛主席逝世后,管理局从中南海挑选三十件主席生前用过的物件放在纪念堂内,管理局四处寻找当年敬献的单位和个人,送去收藏证书,以表达谢意。

由于遇到了"文化大革命",刚刚组建的歙县工艺厂生产断断续续,发展缓慢,直至1978年改革开放的春风才重新唤醒了歙砚的生机与活力。文房用品受到日本及东南亚一带国家的青睐,这些国家当时通过上海工艺品进出口公司和安徽外贸两家公司下达订单。歙砚成为换取外汇的重要商品。江西省也想发展砚产业,生产龙尾砚。

为此，两省在品名以及原料上产生过许多矛盾和纠纷。原料的短缺逼迫工艺厂另谋生路。有一次，与休宁接壤的婺源大坂村的农民将田间地头的石块搬到工艺厂，请叶善祝鉴定有无价值。叶善祝鉴定后发现这就是历史上曾经雕刻过鱼子纹的石品，不但可用，而且可以选取大料。当时叶善祝用每斤低于龙尾山石3角钱的价格收购，依然让大坂村富了起来。从此以后，大坂成了歙砚重要的原料产地，这也带动了大坂砚产业的发展。同时，歙县请求省地矿局帮助在徽州地区寻找砚矿。当时叶善祝与袁守诚工程师商谈，后来由332地质队程明铭负责普查任务，找到了一些新的矿产地。

原料问题解决了，但加工力量不足又成为一件令人头痛的事，外贸计划当年可是一件重大的政治任务。说到这里，叶善祝回忆了一件往事。"文革"期间，胡震龙因在国民党军队服过役，顶了一个莫须有的罪名，回到家乡鲍坑接受劳动管制。他家里孩子有好几个，当时他在岩寺镇文化站工作，会刻木版画，业余时间扎扫帚卖，生活十分艰难。叶善祝想到，何不采取厂外加工的方法来弥补生产力量的不足？这样，胡震龙成为厂里一名编外砚雕工人。1978年，国家拨乱反正，胡震龙摘掉了帽子，找到叶善祝，想进厂里，那年胡震龙已经53岁了。叶善祝多方争取，将他招进厂里，根据政策规定，胡震龙干满10年，63岁才退休。砚雕老艺人汪律森也是叶善祝积极争取招进厂里的。现在颇有影响的工艺美术大家方见尘、姜林和、杨震等，都是在叶善祝担任厂长期间招进厂的。

1984年，时任国务院总理赵紫阳视察歙县工艺厂。在听取歙县关于歙砚生产情况以及成果的汇报后，他非常高兴，旋即指示国家计委进行调研，加大对歙砚等传统手工艺产业的支持力度，并在资金上予以支持。那时的叶善祝充满朝气，有一股使不完的劲，他赴北京请求国家计委帮助，得到了房维中主任的热情接待。回到县里他便提出了大胆的设想，重振徽州文房四宝，弘扬中华传统文化。1985年，叶善祝担任歙县文房四宝公司经理，他将目光投向了更远的地方，与时任教委主任姚邦藻协商，提出联合办学的构想。行知中学于1985年开设了工艺班，1986年开设了工管班，现在一大批活跃在砚雕界的新秀，大多毕业于行知中学。中国工艺美术大师、现任全国人大代表的王祖伟就是他们中间的杰出代表。

随着改革的深化，市场逐步放开，作为国营企业的文房四宝公司，无论在管理上还是经营上都显现了它的不足。1997年，企业被迫改制，接近退休年龄的叶善祝却找不到退路了。当年的县委充分肯定叶善祝对歙砚的振兴和发展所做出的贡献，任命他为陶行知纪念馆顾问，享受副县级待遇。

走出小楼，练江两岸随处可见砚雕工作门店，各类品名、各个头衔、各种奖项让人眼花缭乱。歙砚是叶善祝那一代人的光荣与梦想，面对市场的变化、社会的变化、价值取向的变化，叶善祝选择了转身，这个小楼是他心中的桃花源，是他新的追求与梦想。一代歙砚承启者从此淡出砚界，只有街坊里巷内隐约还可以听到关于他与歙砚的故事与传说……

砚山云意

"二十六年前一个初秋的凌晨,爸爸陪着我在徽州歙县岔口的一座大山里急急地走着。我们一路上没有什么话语,只能听见鞋底和石板路发出的撞击声。我的心一片惶恐,非常无助。现实的无奈和对未来的担忧,让我的脚步机械地挪动着。凌晨三四点的山里已经很凉了,我满头满脸被什么东西黏糊着,分不清是泪水、汗水还是雾水。我当时真希望这路永远走不完,因为有爸爸陪着啊。但我知道我已经没有退路了,因为中考没有考好,没有考进当时农村人唯一的向往之路——中专。我已经失去了当一个神圣的老师的资格,也没有资格吃'皇粮'了。我不敢面对妈妈那忧郁的、略带责怪的眼睛,于是,离开家乡成了我唯一的选择。"这是方韶所著《砚山裁云》一书后记中的一段话。读了这段话,我的眼睛湿润了,这是一个歙砚人的辛酸过往,同时也是众多同行的真实写照。山里人,要么为师,要么为匠,这是生活的需要,更是生存的需要。在徽州,砚雕不是一种闲情逸致、附庸风雅的生活,它是一门实实在在的手艺活。大多数人吃不消这份脏活累活,

更耐不住这份寂寞，迫不得已才会入这一行。

方韶说，他现在常常凌晨三四点钟就醒来，总感觉那天凌晨石板路上的脚步声在耳边响起，让他不敢懈怠。我想，那天凌晨的情景，对于方韶来说是刻骨铭心、永远难忘的。旅居徽州近40年，直至近两年爱上摄影，我才有过凌晨三四点行走在徽州深山乡村的经历。同样是秋天，我第一次凌晨三四点站在歙县坡山一户农家的屋顶上拍摄，白天荒凉寂静的山野，此刻却是一片浩瀚宁静的海洋，月光洒在岸边农家的粉墙上，鳞次栉比的徽居像一座座古色古香的城堡。远处谁家还亮着的灯火，如同导航的标识。近旁一株老树像极了一位老妈妈站在村口默默地等候她那漂泊在外的孩儿。那一刻，我的心被净化、融化了，清澈明朗。我双手合十，感恩上苍让我真正体验到一种超乎寻常、超乎想象的自然之美。从此，我以为徽州不仅仅是山水之美、古村之美，徽州真正的大美是云雾之中的山，是炊烟下的村落。有人说"无限风光在险峰"，在徽州，还要加上一句，"无限意韵在云烟"。

踏进方韶的工作室，我抬眼望见门楣上赫然写着"砚山裁云轩"几个大字。我还是忍不住悄悄问了一句："你离开家乡那么多年了，给你留下最深印象或你最喜欢的是什么？"方韶不假思索地答道，炊烟。他说，儿时他时常在山上呆呆地看着村里一家一户冒出的炊烟，从炊烟中可以辨别哪家今天来客了，哪家有喜事了，哪家孩子们外出了。山村的炊烟缥缥缈缈、袅袅腾腾，让他念念不忘。山村的炊烟，四时不同，三餐有别。春天的炊烟轻扬直上，轻柔细绵；夏日柴火湿度大，炊烟浓烈乌黑，时断时续；秋天空气清朗，炊烟婀娜多姿，久久不散；冬日是山村最红火、最富足、最快乐的时光，家家户户的屋顶上都冒着炊烟，浓烈的、轻淡的炊烟交织在一起，就如同一首交响乐，时而激越，时而舒缓，此中的意韵给人以享受。他说，望见清晨的炊烟便忘却了寒冷，看见晌午的炊烟便止住了口水，瞅一眼黄昏的炊烟便壮了一回胆。无怪乎进了工作室，方韶为来宾沏了一壶好茶，虔诚地燃了一炷檀香，顷刻间，周身云烟缭绕，雾气香飘。

至此，不难理解方韶为何将"砚山裁云"作为他的居室名、座右铭和志向。题写匾额的是中国书协主席苏士澍。方韶认识苏士澍还有一段小插曲。一日，方韶店里来了两位客人，看中了一方砚，问价，五万元。便宜些。答，一分不让。一个说，你知道吗？我的客人可是当今中国书协主席。答，价钱依然不降。作为书法大家更懂得此砚的珍贵和韵致，如果要，还要加上一幅字。苏士澍喜欢这方充满韵味的砚，也十分赏识方韶的性格，不趋炎附势，不为五斗米折腰，当场提笔书赠。苏士澍说，我也有个条件，你在砚上题个款，给我送到北京如何？可以。就这样，他与苏士澍成了忘年交。

赏玩方韶的砚，不同的文化学者会有不同的理解和诠释：有人将方韶砚划分为若干个系列，如云水系列、青铜系列、鱼乐系列、徽州民居系列，等等；也有人从美学、哲学的角度诠释他的技法与心得。关于砚，方韶要感恩一个人——魏学峰，四川博物院副院长、收藏家、全国人大代表。魏学峰是真正参透方韶砚真谛的第一人。他说，方韶把云水作为自己砚的基本语汇运用到各种砚式中，不同的石坯，只要他刀下的云水相绕，顷刻化实为虚，满地烟霞。云之势氤氲潋勃，水之韵潆洄曲折。云水间，禅意萦绕，心静如磐，构成了他特殊审

美意念上的动态之美。这些年，魏学峰精心指点、鼎力相助方韶，为他在成都策划歙砚个展，帮助他出版作品集《砚山裁云》，并亲自为之作序，极力举荐。说起与魏学峰的友谊，也有一个小故事。10多年前，魏学峰拿一方砚坯请当地一位工匠雕刻，完工后，他大失所望，一方好料被糟蹋得如此不堪。他心有不甘，四处打听，找到方韶门上，说明来意和想法，请方韶重新制作。出乎魏学峰意料，砚作不但实现了他的意图，还有许多意料之外的意韵在里面。这是一个圆满的结局，也是一个美好的开端。

在求艺的道路上，方韶说自己大致有三部曲："当年我走出大山，师从方钦树、姜立力两位老先生，那是我的启蒙期，解决了我的饭碗问题。随后，我又投到方见尘大师门下，那是我的迷茫期，我知道了砚原来可以这样去雕刻。1989年，我随砚雕家胡冬春师傅进入黄山市工艺美术研究所，当时的所长是汪培坤。他们向传统学习，制作仿古砚，赚外国人的钱，让我大开眼界，增长见识，原来砚如此博大厚重，如此具有文化价值和货币价值。"

现如今，在尊崇个性审美情趣的环境中，在尊重多元文化交融碰撞的时代里，制砚既是机遇，也面临挑战。经历了彷徨、迷茫、困顿、痛苦之后，方韶渐渐地悟出许多制砚的道理。美的呈现是一种自然而然的过程，凝结在时空中，凝结在生活里。他说，徽州有许多古民居、古村落令人赞叹，夺人心魄，那种美并不源于哪一位设计师，也不源于现成的规划模型，那些精巧的里巷、精巧的装饰，是在实现生活必需功能后的边角处理。制砚何尝不是如此？方韶从来不苛求砚料的形状、大小、厚薄，他苛求的是如何把砚石的天然纹饰之美保留下来，把残缺的一面雕饰得更美、更富有韵味。他特别珍惜天然之石的原状，认为那是上苍的馈赠与恩赐。人们以为那是他的巧工，其实他在坚守一种拙和朴。他没有形制完全相同的砚，每一块砚都是他心力和匠工的结晶。一位在云南经商的温州籍老先生，事业有了成就之后，淡出商界，潜心收藏艺术品，慕名来到徽州，与方韶相识，十几年来收藏方韶近200块歙砚，而且歙砚只收方韶的。

方韶也渐渐地走出了他的小天地，走进了人们的视野。他的作品多次获得全国大奖，本人也被聘为全国雕刻技能大赛指定主考官。对技艺，他一丝不苟，精益求精；对徒弟，他严格要求，不徇私情；对社会上的一些不良风气，他直抒胸臆，毫不留情。他的艺术禀赋和个性特质让我想到了一个人——方孝孺，一个才华横溢、"不识抬举"、敢与皇帝叫板的士大夫。历史并未走远，基因依然强大。方韶深知这一点。他说："砚石是坚的，但我刻意赋予它柔的一面。我的砚好像不是刀刻出来，而是用手捏出来、掰出来的。我的性格里既有坚的一面，也有柔的一面，意志坚强，心地柔软。坚强地面对这个世界，温柔地面对自己的人生，因为柔软，所以我可以不甚苛求，尽享流年的温润。"交谈中，他特意请来他的古琴老师为我们弹奏了一首古曲。琴声悦耳，余音绕梁，使人的整个身心都舒展开来。2017年，安徽省文化厅组织传统工艺美术家赴埃及开罗进行艺术交流，方韶为现场的工艺美术家表演古琴弹奏。他说，读书、饮茶、弹琴已经成为他静心笃敬的必修课。

"生活就是在爬山，蜿蜒起伏的攀爬没有尽头。假如生活欺骗了你，别悲伤，因为没时间悲伤，生活会再一次欺骗你的；假如幸运降临到你头上，别狂喜，因为没有时间狂喜，做好再一次迎接的准备，幸运会再一次降临。"选择制砚这个行当，方韶无怨无悔，自那个清晨从大山中走来，他一刻也没有停歇过……

砚界见尘

提起歙砚，在徽州，不论男女老少，没有不知晓方见尘的。可以说他是徽州一个具有传奇色彩的人物，如同一部《红楼梦》，不同的人会读到不同的意趣。徽州有一条老街，古色古香，这里的文房四宝是人们的最爱，但街头巷尾人们津津乐道的还是方见尘的种种逸闻趣事。一千个人眼中有一千个哈姆雷特，一百个人里就有一百个关于方见尘的故事。

方见尘是歙砚的一个标识和符号，他像水中的一条鲨鱼搅动了一池浪花。歙砚之宴有了方见尘，精彩纷呈，如果方见尘缺席，便会索然无味。老街上到处能看到方见尘作品的影子，借鉴、模仿甚至仿制他的作品，成为歙砚市场的一种乱象，也成为爱好者十分头痛和苦恼的事。几年前，上海的一位朋友初到屯溪，想购一方歙砚，一打听，便决定非方见尘的砚不下手，可又担心走眼买了仿制品，便请我物色。应朋友之托，我开始接触方见尘，慢慢地喜欢上他的砚，也渐渐地走进他的艺术世界中。

"喜欢方见尘的砚，不仅仅因为它是文房用品，最重要的是它的审美情趣和意趣；喜欢方见尘艺术的人，永远是年轻美丽的，因为它是全新的。"朋友如是说。这也是方见尘砚的第一个特质。他的砚有一种视觉冲击力，给人的第一印象是真，率真、本真、纯真、天真。率真、本真是他的性格特质，纯真、天真是他的意象、情趣。他从不隐瞒自己的观点，最讨厌虚假伪善的面孔，无论遇何人处何地，他都直抒胸臆。他说，纯真、率真是智慧、力量的源泉。他从不因循守旧走传统的老路，也从不揣摩市场的喜好，他的砚就是他与外界交流的语言。20世纪80年代初，初出茅庐的他就提出成立歙砚研究所。那时他所在的单位还是国营企业，生产按部就班，按订单做活。厂长怕他不务正业，没同意他的想法。一气之下，他接受外地的邀请，走人了。当时县领导惜才，将厂长批了一顿，又把他请了回来。

方见尘砚的第二个特质就是神，形神兼备，神气活现，充满神韵。他尤爱雕刻绘制人物与花鸟作品。他的少女与少妇形体作品堪称中国砚坛、画坛一绝，他将那种女性胴体的曲线之美拿捏得非常精准，可以称为"见尘黄金线条"，而女性最性感的特征也只有他亲自点染才具撩拨人心的神韵之美。他毫不避讳地说，他的全部人生是美的支撑。在形与神、意与趣上，他选择后者。对那些机械简单、重复规整的几何形制，他有一种莫名的抵触与反感。对于自然砚料，他惜之如金，不轻易触碰原生的表皮。他总是充分利用不同形状和色调的砚料，创制具有鲜活生命力的砚作。对于他的砚，你很难明白其中蕴含的意义，但它确实具有强烈的趣味性，让你爱不释手、欲罢不能。他创制的花含着晨露在风中轻轻地摇曳，他创制的鸟总是双双对对含情脉脉地互诉爱语。

方见尘砚的第三个特质是简，删繁就简，大道至简，质朴简洁。当砚从实用性向观赏性转化时，一些人穷极雕刻技巧，在工上做文章，满工雕、

镂空雕，层层叠叠、满满当当，总以为这样才是砚品的最高水准和价值。而方见尘却反其道而行之，既不走传统素砚的老路，也不走以工为上的新路，他另辟蹊径。他自己说，对于歙砚，我方见尘就是个叛逆，在我们浩瀚的队伍里，绝大多数都先天不足，勤奋无济于事，可惜。但他又说："我敢说，在砚坛、画界我是勤奋的，虽说艺术并不取决于勤奋与否，但不勤奋永远达不到熟能生巧、勤能补拙的境界。"台上一分钟，台下十年功。方见尘作画、制砚看似寥寥数笔，甚至也就一根曲线，看似容易却艰辛，这就是他几十年来练就的绝活。他说，由简至繁易，由繁至简难。他总是以少胜多，给人以无限的想象空间和思考余地。

赏玩方见尘的砚还有一个关键词——线条。这也是他的一个显著特征，无论是人物还是花鸟山水，总有一根线贯穿其中。他的线条已达到随心所欲、信手拈来的境界。他把诸多艺术元素糅合在一起，笔如刀行，刀会笔意。他曾创制一方古琴砚，每根琴弦都充满张力，让人叹为观止。辨砚辨画，识别真假方见尘，你就看那根线条是否流畅、舒展、有力，线条是否简练，刻画的意象是否具有美感和神韵。市场上形似方见尘的砚作和画作有许多，但你总能在其中发现一些无力、拖沓、散乱的线条。方见尘的艺术创造充满变化，充满无限生机与活力，许多人总是跟随他的足迹但又永远难以企及。他说，艺术的功绩是陶冶自身。

砚界的纷纷扰扰、社会的熙熙攘攘、人情的冷冷暖暖，方见尘早已勘破，无意得失了。在屯溪老街、黎阳老街、隆阜老街，时常能看到一位年届古稀的老人在行走，依然充满朝气与活力，依然充满睿智与童趣……

岁月墨痕

如果用一种物品与技艺作为一个地方的文化符号，那么徽州最独特的符号莫过于徽墨了。自唐代李廷珪南迁至徽州（歙州）以来，徽州制墨的原料来源于本土，徽州墨工出自本邑。徽墨技艺代代相传，绵绵不绝，徽州制墨名噪全国，蜚声海外，直至今日，市场上的墨锭十块有八九块是徽州制造的。

墨与笔、纸、砚并称"文房四宝"，是农耕文化的标识，是记录历史和抒发情感最重要的工具和载体。工业文明的印刷术和现代文明的数码技术已经将其取代，并把它们远远地抛在了身后。现在，只有那些坚守中国传统文化的水墨画家和书法家依然对文房四宝情有独钟。文房四宝，特别是墨的实用功能正在慢慢地消退，市场需求也在慢慢地减少。繁重的手工劳作、脏乱的工作环境、微薄的利润空间，导致了从事徽墨制作的厂家和工人也在慢慢地减少。

徽墨，自明代始，分歙、休、婺三派，还有绩溪一支派。歙以罗小华、程君房、方于鲁

为代表，休以邵格之、吴去尘为代表。清代，歙以曹素功、汪节庵为代表，休以胡余德（胡开文）为代表，绩以汪近圣为代表。婺派制墨倾向于实用和大众化，不为文人所重，著述绝少。现如今，徽墨制作依然三分天下——歙、休（屯溪）、绩三地。歙以周美洪、项德胜为代表，休（屯溪）以汪培坤为代表。徽墨制作厂家也均以"胡开文"为厂名，只是加地名前缀以示区别。上海厂家注册"曹素功"商标。

歙县城东路19号一处近1万平方米的小院，山坡地上散落着几幢20世纪中叶建造的二至三层小楼，这便是歙县老胡开文墨厂。周美洪于1978年顶替父亲的退休名额进到厂里，如今40多年过去，他仍在厂里忙里忙外。他从1992年起就担任厂长和中国文房四宝协会副会长，直至前两年他才把厂长和副会长的职位让贤给了儿子周健。墨厂2001年改制，周美洪持股任法人。当年改制时，周美洪怀着一份特殊的情感和传承的责任，没让一位职工下岗回家，并且让每位职工都持有股份。他沿用国营企业的管理模式，八小时工作制，节日、双休日放假，职工到了年龄可以更换工种，实行奖励制度。现如今，130多名职工分在各个岗位上，忙而不乱，井井有条。职工们把厂子当作自己的家，工作氛围轻松愉悦，职工之间互帮互助，一派和谐融洽的气氛。

制墨与造纸一样，是一种既脏又累的活计，相比制砚、制笔，更讲究团队协作精神，每道工序都不能出差错，否则将直接影响墨的质量。点烟、和胶这两道工序是选料、配料的关键，然而工作环境却让人望而却步，黑暗、肮脏、高温、有气味，空气中弥漫着炭黑的微尘，一天下来，比挖煤矿的工人还要黑。杵捣、成型是累活，想要

烟细胶清，需万杵不厌。对于墨的成型，湿度、温度、密度是重要的条件，为此，工人们常常挥汗如雨，赤膊上阵。晾墨凭的是经验和观察。锉边、洗水、填金是细活，一般由女同志来干，一丝不苟，精益求精，手要稳，心要静。

周美洪娓娓道出制墨的工序特点后说："制墨看似是一件又脏又累又磨人的差事，但墨厂绝不是一个环境有害的地方。长期制墨的工人头发乌黑，很少感冒生病，这得益于我们的墨的选料和工作制度。"歙县老胡开文墨厂至今依然坚守古法纯手工制作。徽墨主料为烟尘。墨分松烟墨、漆烟墨、油烟墨，分别来源于松、漆、油不完全燃烧后残留的烟尘。徽州盛产松树、漆树，并有大量动植物油料，这是烟尘的重要原材料。为了增强墨的密度以及渗透性和附着力，做到防霉防蛀、外形美观，要添加胶、药物等添加物。古代用鹿皮制胶，现代以牛皮胶代之；药物一般有麝香、大梅片、丹参、黄连、乌头、冰片、公丁香等数十种名贵药材；添加物有金箔、银箔、珍珠粉等，起增光助色的作用。无怪乎徽墨有拈来轻、磨来清、嗅来馨、坚如玉、研无声、一点如漆、万载存真的美誉。

厂家制墨总要标明墨的品类和特性，文人用墨讲究外形的雅致和图文的品位。墨模的制作就显得特别讲究和重要。歙县老胡开文墨厂现有墨模5万副，这是几百年积攒下来的一笔宝贵的财富。目前厂里依然在不断开发研制新的墨模式样，以满足不同群体的审美需要。2006年，徽墨被列入第一批国家级非物质文化遗产名录，周美洪被评为第一批国家级非遗传承人。2016年,歙县老胡开文墨厂年销售总额2000多万元,出口销售120万美元,成为名副其实的行业龙头老大。

"胡开文"是店名,并非人名。徽墨行业为何都青睐这块招牌呢?关键在胡开文店的企业文化。徽墨质优价廉、用料地道、雅致文气,员工谦逊、敬业、勤勉。说起胡开文,还有一段故事。胡开文店名创始人胡余德年幼家贫,12岁便随舅父入屯溪汪采章墨店烧饭,16岁去休宁汪启茂店干推销员,赚的钱全存店里,5年过去,他成了汪启茂最大的债主。汪启茂经营失败,就把店抵债给胡余德经营。胡余德接手后,得到父亲胡天注的资助。为了改店名,他到屯溪找同乡文人帮忙,走到一石亭内小憩时,见小亭门楣上镌刻"宏开文运",胡余德只认识"开文"二字,觉得有意思,就把店名改为"胡开文"。胡余德(1762—1845),名正,字端斋,号朗荣,绩溪上庄人。

明代文人董其昌在给墨工程君房所撰《程君房墨苑序》中感慨道:"百年之后无

君房而有君房之墨,千年之后无君房之墨而有君房之名。"人生苦短,传承维艰,曾经盛极一时的徽墨正在萎缩凋零,曾经风光一时的制墨大师亦如过眼云烟。看着蜗居在古城旮旯里的这座百年老厂,我欣赏周美洪一代人的坚守,我喜欢这里满院墨香恬淡的味道,我欣喜地看到周美洪已经把徽墨的薪火传给了下一代,墨厂又闪现出年轻人的身影。我相信在年轻人的手中,胡开文徽墨这个中华老字号会焕发出更加绚烂的光彩。

漆之品，甘而可

在人类历史发展中的手工业时代，人们生活中的日常用品，常被称为"器物""器具""器皿"。它们与我们的生活息息相关，须臾不能缺少。器物的材料往往来源于自然界的动植物、矿物。青铜器及其他金属器具，陶、瓷器皿，竹、木器具是最早也是使用最广泛的日常用品。而这些器物特别是木、竹器具在使用过程中很容易被损坏、被腐蚀、被虫蛀、变形等。为了延长器物的使用寿命以及美化器物的外形，漆，应运而生了。

漆，是北纬30度、东经120度左右我国南方山区生长的一种落叶阔叶树上的汁液，与橡胶、松脂的提取方法一样，割皮使之渗液以收集。新鲜的生漆呈乳白色，遇空气迅速氧化成褐黑色，因此，生漆最纯正的颜色为褐黑色。漆，最常见的用途：与桐油混合涂于木、竹、帛之表面，起到防护作用，我们称为"油漆"；与矿物等颜料混合涂于器具表面，起到美化效果，我们称为"髹饰"；以软质材料塑造形体并以生漆、苎麻、漆灰等材料包

裹凝固后剔除软质材料，其凝固后的外壳再髹饰，我们称为"脱胎漆"。

1979年，年方24岁的甘而可被招到屯溪工艺厂当一名学徒工，师从俞金海，学习漆器工艺。早在1959年，屯溪工艺厂曾参加人民大会堂安徽厅的屏风漆画《百子图》的制作。随后，以甘金元、俞金海为代表的老漆工成功试制出螺钿镶嵌和犀皮漆、漆砂砚等失传多年的徽州髹饰技艺，使工艺厂声名远播。甘而可这个15岁学过木匠、血液里流淌着工匠基因的年轻人，在厚重的徽州文化的滋养下，对未来充满无限的希望。他默默地跟着师傅从最基础的工艺学起，勾图画稿，制作木模、刻漆、雕刻砚台，初生牛犊不怕虎，只要是工艺厂需要的技艺，他都去尝试。1985年，作为优秀人才，甘而可被选拔到屯溪工艺美术研究所工作。在研究所工作期间，他更有机会深入探索刻砚、刻漆、脱胎漆及髹饰技艺。1988年，身怀多门技艺的甘而可毅然辞职下海，成立屯溪旅游工艺开发研究所，同时在屯溪老街开了家集雅斋文房四宝店。

甘而可有了自己的门店。他清楚地记得第一天，第一笔生意——一盒徽墨，赚了5元钱。他让妻子将钱夹在书里留作永久的纪念，再困难也不能用。做生意的他依然恪守做手艺的精神，不欺不假，保本微利。一天，他的小店卖出一些文房用品，一下赚了5000元，他感到异常地激动和兴奋，在那个年代，万元户就是财富的标志。甘而可一边雕刻歙砚，一边经营着自己的小店。文房四宝作为徽州的特色产品受到越来越多的游客的喜爱，他的小日子过得越来越殷实了。1996年，师傅俞金海离世了，徽州犀皮漆、漆砂砚眼看后继无人，面临失传的境地，市场上的漆器工艺粗糙，漆料多用腰果漆或树脂漆，大漆鲜见，这让他的心里有一种说不出的酸楚。2001年，在生意正红火时，他与妻子商量，关店谢客，要用有生之年恢复抢救濒于失传的漆器工艺，重操旧业，重振漆器的辉煌。

他又成了一名工匠，从哪儿开始呢？这几年对雕刻歙砚有了感情，还是从恢复漆砂砚开始吧。他从《西清砚谱》里挑了6方不同款式的砚样，开始了艰难的探索。这6方砚取自乾隆仿古石质砚，分别为绿端"天成风字砚"、歙石"玉兔朝元砚"、澄泥"八棱澄泥砚""寿殿犀纹砚""石渠阁瓦砚"和"海天初月砚"。以上乾隆年制的6方砚，材质不同，色泽各异，为了再现每方砚的原貌特征，从形开始，到色彩的调配，他不知熬过多少个不眠之夜。他追求不但要形似，而且要神似，甚至岁月在砚上留下的痕迹也要逼真，以达到乱真的地步。所有这一切，漆是主角。

如何表现绿端的浅嫩色彩？因为极细的粉末倒入生漆后都会变成深褐色，必须将生漆处理成接近透明状。为了突出澄泥的虾皮红特征，他在生漆中加入大量的红紫砂和银朱砂粉末。在制作歙砚时，他别出心裁地使用犀皮漆的原理，大胆使用色差，放弃前人用雕刻来表现兔子的工艺。瓦砚制作别有讲究，砚面色彩力求表现出屋瓦经年历久产生的损旧与形成的古朴风格，砚背的凹面也用稠漆做成麻布纹，与屋瓦疏松有孔的质感相呼应。6方

砚造型典雅，线条挺括，弧面舒展，转角过渡自然。他用了整整两年的时间，找回了失传已久的技艺，唤醒了自己的创作灵感，书写了漆器工艺史上的一段佳话。

他的探索在继续。为了给6方漆砂砚中的歙砚配上相匹配的盒子，他尝试闯入工艺复杂、工序严格、费时耗力、代表徽州特色的犀皮漆的世界里。犀皮漆在中国南方行业术语里称"菠萝漆"，所制器物表面平滑。它是一种由数种色彩组成变幻莫测、具有韵律美的纹饰的漆器髹饰技艺，因其工序中打埝凸起的漆面似菠萝眼，故名"菠萝漆"。北方称为"犀皮漆"或"桦木漆"，也是因为其变化律动的花纹与犀牛肚脐坐卧磨光的皮肤肌理或是桦树皮天然斑驳的纹理相似。犀皮漆在中国的漆器文化中虽有悠久的历史，也有传世的经典作品，但存世量极其有限。它的技艺复杂，变幻无穷，只可意会不可言传，只可心领不可手传，这是制约了它延续和发展的障碍。

有了制作漆砂砚的成功经验和失败教训，在犀皮漆的探索中，他渐渐领悟了漆的玄妙，品尝到漆给他带来的乐趣与甘甜。他任情放纵自己的奇思妙想，守古意而不循古制。他断然抑制住自己的欲望，不为喧嚣的精彩世界所动，不为利益至上的金钱世界所惑，充分发挥自己在工艺方面的综合能力和素养，盯着一个目标，守住一颗初心、平常心，做一件事——再现犀皮漆的美丽与辉煌。

汲天地之精华，养浩然正气，就地取材，入乡随俗，因地制宜，随遇而安，这是养生的道理。制器何尝不是如此？制胎骨他选择徽州建筑木性稳定的老房料，漆灰用古砖瓦灰，缠帛用纻麻织成的夏布，漆用纯正的土漆，颜料选天然的矿物。一切原料取自天然，经历风霜，要的就是形不变、性不躁、色不杂。在

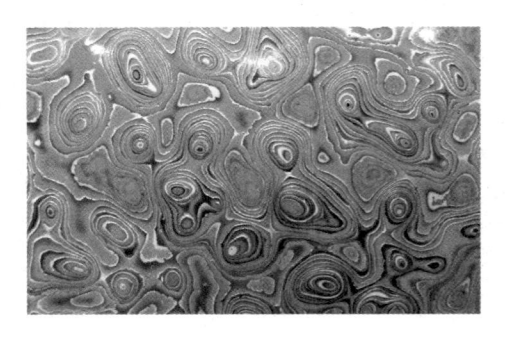

手工制作过程中，他把打埝看作游历于徽州山水的一次行旅，把上漆视为一次次经历风霜雪雨侵蚀的过程，把抛光当作阳光普照万物的一次光合作用，他的脑海里是一片梦幻般的图景。

功夫不负有心人，他成功了，犀皮漆在他的手中，纹饰更加绚丽多姿，更具灵动韵律。有人说它像一块天然的玛瑙玉石。有人说它就是一幅徽州立体山水的平面地形图，那线条不就是一条条等高线吗？他超越了古人，超越了师傅，超越了自我，犀皮漆在他的手中，如一只涅槃的凤凰，光彩照人，风姿华美，流光溢彩，灿烂辉煌。2010年，红金斑犀皮漆大圆盒在第十一届中国工艺美术大师作品"百花奖"中获得金奖。次年，这件作品被故宫博物院永久收藏。之前，他被文化部确认为国家级非物质文化遗产项目代表性传承人，并享受国务院政府特殊津贴。

作为中国传统文化领域高层次的专家，他的活动、应酬多了，在屯溪黎阳老街有了自己的工作室，但他依旧低调淡然。对自己的技艺，他并不是秘而不宣，而是活跃在大学讲堂上、电视网络媒体上，向人们宣传展示古老而又神秘的传统技艺。他不惧仿制，他说，一件漆器工艺品，用二分力即可完工，他却用十二分力去做，别人舍得吗？即使舍得，他们有一颗安静的心吗？一件完美的作品不是用手而是用心去完成的，这样的作品才能立得住、传得下。他的作品只为那些酷爱中国传统工艺、热爱中国传统文化的个人定制，为中国制造、为工匠精神、为流芳百世而打造。

留青竹刻

二十年前，我看过一部反映二战的电影《红樱桃》，一个德国纳粹将军在一位中国少女楚楚（郭柯宇饰）的背上文了一只展翅的雄鹰和一条挣扎的蛇，这是纳粹的标志。将军完成作品后欣喜的目光与楚楚茫然及无助的眼神在我脑海里久久不能挥去，我有种蚀骨般的心痛，这是对一个人尊严肆意无情的践踏。如今，这种文身艺术成了一种时尚，年轻人对在皮肤上刺上自己喜欢的纹饰已经习以为常了。

1279年，南宋将领文天祥曾写下著名诗作《过零丁洋》："辛苦遭逢起一经，干戈寥落四周星。山河破碎风飘絮，身世浮沉雨打萍。惶恐滩头说惶恐，零丁洋里叹零丁。人生自古谁无死？留取丹心照汗青。"诗中概述了自己的身世命运，表达了舍生取义的人生观，尤其是"人生自古谁无死？留取丹心照汗青"二句，影响了一代又一代爱国志士。我曾因不知"汗青"一词为何意而苦恼。原来汗青是一块竹片或竹简。古人记载信息用的是竹简，这种竹简要经过火烤，防止变形、虫蛀。在火烤的过程中，青翠的竹子流出竹沥像人体淌汗一般，故竹简别称"汗青"。

前不久，我走进了位于黄山市屯溪黎阳老街的汪伟留青竹刻工作室，这次拜访引发了我的联想与思考。起初我并不在意也并不看重竹刻艺术，我以为在一块竹片上刻刻画画那是小儿科，山区竹资源丰富，原料多得是，在竹子上雕刻也不费多大气力。前几年，徽州乡村开发竹刻旅游纪念品，满大街都是，价格也便宜，这更让我对竹刻失去了兴致。

初识汪伟，我以为他是一位三十几岁的后生，文质彬彬，儒雅内敛。与之交谈后，方知他已是年过半百之身了。天上一日，人间数年，岁月在他的脸庞上几乎没有留下多少痕迹，他沉浸在自己的雕刻世界里，如置身天上仙境一般。汪伟自幼喜爱写写画画，十几岁便入屯溪工艺美术研究所，师从汪生全，学习竹雕、木雕、漆雕工艺，与汪培坤、甘而可是同门师兄弟。他毕业于安徽工程大学工艺美术系，1996年成立石竹坊工作室，倾心研究留青竹刻艺术。

留青是一种竹刻技艺，也是一种艺术品名，亦代表一种工匠的精神和追求。由于对材料要求苛刻，对技艺要求精湛，耗时费力，这种技艺正在慢慢地失传。在竹上雕刻，刀法大致有三种：一是阴刻，二是薄地阳刻，三是留青。阴刻就是刀刻下的是深浅不一的凹痕，一般适宜书写文字和白描。阳刻与阴刻正好相反，刀刻的画面是凸现的，有立体感，适宜文字与立体感强的画面。留青则是在充分掌握阴刻与阳刻技艺的基础上，把竹片看作一个皮与肌结合的有机整体，充分利用竹筠（皮）与竹肌的色差与结构的不同，在厚度约一毫米的竹皮上下功夫，根据作品的需要留多留少、留浅留深，即使是一毫米厚也要制造出丰富的层次，体现明暗、浓淡的效果，逼真地再现山水的气韵、花鸟的鲜活、人物的神态。可以说，留青是以刀为笔、以竹为纸、以筠为墨的一种丹青艺术。

汪伟对留青艺术有着近乎完美的追求，经过几十年的摸索、寻求，从失败到成功，他不知耗费了多少体力与精力。他从徽州石雕、砖雕、木雕、漆雕中汲取营养与经验，博采众家之长，为自己所用。他遍读新安画派的作品以及古人诗文辞赋，用心揣摩如何将那些经典作品还原在他的留青竹刻上。他踏遍青山，到大自然中去寻找灵感与材料，他坚信自然界是美的源泉。每年冬至，他都要到深山老林里寻觅优质竹材。他能在繁茂的竹林里辨识每根竹子的细微差别，他也知晓什么样的环境下生长的竹子最适宜做留青材料。上百根的竹子，有时只能从中挑出一两根，一根竹子只能取一两节，一堆竹筒只能用上一两个。对采集好的竹子，他会小心翼翼地用棉絮包裹好，生怕表皮受到损伤和失水过多。热处理全凭他的直觉和经验，晾晒一般在一年以上，让其定型，不合格的一律弃之。古诗有"取材幽篁体，搜掘同参苓"之句，言其取材之难也。因此，他的留青竹刻品，无论是笔筒、臂搁、扇骨还是镇纸，都不会裂开、变形，时间越久，色泽越油亮沉稳。汪伟最擅长臂搁工艺，多件作品在全国获得金奖，并被多家博物馆收藏。在长不到一尺、宽不足一掌的小小竹片上，在厚度仅有一毫米的竹筠上，他是一个舞者，他那美丽的身姿幻化成一幅幅壮丽的山水、灵动的花鸟、美好生活的场景。

臂搁，俗称"手枕""腕枕"，在毛笔书写时用以搁置手腕，以减轻臂的疲劳，也能防止墨沾染衣袖。它是一种文案工具，但不是文房的必需品，是一种辅助工具，可以说是奢侈品，

一般只有那些情趣高雅、经济宽裕的文人才会使用。因此，对臂搁的艺术与材质要求更显得特别讲究。

古人曾尝试用象牙、沉香、玉石、红木雕制臂搁，或因材料稀少，臂搁昂贵，或因与肌肤不适配而渐渐被放弃。在中国人的心目中，竹子是坚韧不拔、虚心有节的性格象征，备受人们喜爱，与梅、兰、菊并称为"四君子"，又与梅、松合称"岁寒三友"。竹子秀逸而有神韵，挺拔而又柔美，傲雪凌霜，常青不败，最符合中国文人士大夫的气质与禀赋。留青竹刻的臂搁自明清以来一直是中国文人文房用品的首选与最爱。

"人生若只如初见，何事秋风悲画扇。等闲变却故人心，却道故人心易变。"留青，并没有在山野中与竹初次相见时那令人心动的一抹青翠，正如人生一样，青春的年华纯真而又可爱、鲜艳而又美丽，然而，由于岁月的风霜、人间的烟火，生命青葱之颜终会变为成熟沉稳的色调。留青何尝不是如此？竹筠从青翠幻化为琥珀光亮，竹肌从白嫩变化为古铜色调。因为怀念，所以唤作"留青"。

洪波清流

对自然景物的表现，中西方绘画有着完全不同的理念和表现手法。西方油画用透视原理、结构解剖、光影明暗，尽最大可能还原自然景物的本真面貌，把视觉中的自然景物镜像地呈现出来。中国画特别是中国古典画派对自然景物的表现是一种游观式的影像记忆，所有的场景、物件、人物只是画家的一个个元素，绘画只是把这些元素有机地表现在自己构思的画面上而已。如果说西方油画属于自然王国的话，那么中国画就是理想王国。这只是对两大不同文化背景下的绘画理念所做的一种简单的、近乎极端的分析。对于绘画来说，不同的时代、不同的地域环境、不同的心境、不同的审美情趣，对同一自然景观的描绘也会呈现不同的风格特质。

我对绘画作品产生兴趣，要感谢一个人——洪波。我与洪波相识于1996年。洪波，黄山市歙县王村人，少时求艺于安徽歙砚厂，师从一代歙砚雕刻宗师胡震龙等，与现代歙砚工艺美术大师王祖伟为同门师兄弟。1990年，他放弃了工作，毅然报考安徽师范大学美术系，毕业后被分配至徽州师范当一名美术老师，后转入黄山市中华职业技术学校，再被调到黄山书画院，成为一名专职画师。

洪波的绘画作品，以工为主，以写见长，笔墨充盈着青春的灵气与力量，色彩浓郁，线条干练。他早期的花卉、静物作品给我留下了深刻的印象。观画时我不禁纳闷，一个文弱的书生，腕力为何如此刚劲有力，下笔若刀砍斧劈，丝毫不见拖泥带水的痕迹？后来知道他有过砚雕的经历，才解开了心中的疑惑。

绘画其实是一门造型的艺术，讲究的是笔墨的功夫。中国画的材料看似十分简单，但蕴藏着无穷变化的奥妙。一支笔，一张纸，一块墨，一碗水，后来又加了一盒彩。笔可染、可点、可写、可皴、可勾、可描；纸或洇，或渗；墨分五色，焦、浓、重、淡、清。所有这一切，水是重要的介质。这也是中国山水画的魅力所在。

洪波最为倾力、醉心的还是他的徽州自然山水作品，初看时并不抢眼，画面既不留白，笔墨也没有浓淡强烈的对比，景物也无法分出主次关系。他的笔墨细腻但不拘泥于山水实景，画面气势恢宏却也不钟情于飞瀑流岚，既不同于汪采白对黄山景观错落有致的细描，又不同于黄宾虹对广袤无垠的徽州山野的墨染。但在他的画面上总能看到新安画派前辈大师的影子，荒寒、清雅、静谧、古朴，略带一丝丝的忧愁和感伤。这可能与他的用色有关。他喜欢用一种靛蓝、青绿、赭黄去表现他心目中的徽州山水，

而这些颜色如果比对自然界的气象，很容易让人联想到江南那种潮湿阴雨的季节，或带给人残阳夕照、暮色将至的无奈心绪。这些一直是我挥之不去的观感。它完全不同于岭南画派的典雅而不乏热烈、西北画派的凝重而具有气势。但当我们神凝气定地去欣赏他的作品时，有一种想走进作品中，与他所营造的画中人一起游历、观赏、品茗、弈棋、闲钓、畅叙的冲动，有一种想生活在这山水佳境中的向往。洪波喜欢创作大幅竖式作品，观之有种高山仰止的敬畏，因此，他将自己的工作室取名为"觑山阁"。他的作品不是一般的写意山水，而是在营造和追求一种自然意境和生活愿景，试图引人入胜。也许这就是他的风格特质，似曾相识的画面、唯美工整的结构、清新淡雅的笔墨，给人以宁静，予人以淡泊。也许这也是徽州人、新安画派的一种心境和情趣。洪波生长于徽州的新安江边，传统的新安画派以及徽州的自然山水对他产生了巨大的影响。一个人的绘画风格既与他生活的地域有关，又与他先天的禀赋、后天的努力、接受教育的程度有关，所有这一切都会影响他的审美情趣和绘画风格。

中国画对于一个画家来说，是综合素养的展现。中国有"书画同源"一说，许多诗人、文人均是书画方面的高手，书法、绘画只是他们抒发情绪的一种方式。所以在画作上既有诗文题跋，又有金石落款，这样才能算一幅完整的作品。洪波对书法和金石均有一定的造诣，他的行楷既行云流水，又抱朴守拙。金石作品的古朴简约、藏锋掩斫，让他对中国画有独到的见解。

最近，洪波被吸收为中国美术家协会会员，这既是对他作品的肯定，又是对他勤奋的褒奖。如今他的绘画又有了一些变化：画面变得明快了，渲染的成分多了，加大了留白的空间，生活的气息浓了，更加关注徽州本土文化元素的运用了，对色彩的把握也更加自然和成熟了。一些颜料是他自己从自然界的矿物或植物中萃取的，我以为这是一种自信，也是一种对传统的突破，更是一种对绘画表现形式的把握。

人生苦短，学海无涯。洪波正值壮年，相信他在具有丰富的人生阅历和学识修养之时，一定会创作出更多更美的徽州山水人文画卷。

唯墨识砚

当一件器物的实用功能逐渐退化或被其他器物取代后，它的审美功能、历史价值、收藏价值往往会渐渐地显现出来。砚就是这样一种器物。砚是我国古代文人墨客手边须臾难以离开的一种物件，就像现代人难以离开手机一样，因此被称为文房四宝之一。自从中国发明造纸术之后，古人开始用笔墨记录下历史的风风雨雨和情感的点点滴滴，砚也相伴而生了。

由于人们处于不同的生存环境，有不同的经济条件、不同的审美情趣，对砚材的选择也是不断发展变化的，石质的、陶质的、泥质的、玉质的、瓷质的、金属的……不同的材料，人们都曾尝试过用来制砚。人们在使用过程中经过反复的比较，最后产生了我国的四大名砚——端砚、歙砚、澄泥砚、洮河砚。

砚的制作相当简单，一块能研磨的石材有个能贮水的坑便可。然而，在我们得到一块质地特别、纹理绮丽的天然砚料后，当制作者把一些历史文化元素艺术地表现在这块砚料上，把自己的审美情趣和对幸福生活的向往倾注在里面，制成的砚经由文人墨客、官人商家的把玩和赏识成为一段历史和一段佳话时，砚便成了一块宝，一块可以易城的宝。

当一种技艺代代相传不绝于一件器物上，并历经千年不被湮没，那么，这件器物的功用将变得不再重要了，人们更为关注的恐怕是对这件器物的赏识了。赏砚，简单地说有两个要素：一是砚材的质地，二是制作的工艺。

砚材的质地，取决于它的生成环境和形成机理这两个关键因素。我们以端石和歙石为例。端石，产于我国广东肇庆。这一地区发育了一套晚古生界泥盆系的火山凝灰岩，主要成分是火山灰。由于它来自地球深部，其成分相对多一些，因而，我们说端砚具有多样的色块或色斑，颜色也丰富多样。由于变质程度不深，岩石的组成矿物大多为隐晶质和细微的颗粒状，部分火山灰呈胶体状态，一般为致密块状结构。而歙砚成名于北宋年间的歙州，当时的歙州辖歙县、休宁、祁门、黟县、绩溪、婺源六县。从地质学的角度观察，这一区域的大地构造单元属江南古陆的北缘，属扬子板块和华南板块碰撞地带。歙砚的砚材就取自这块古陆，这是一套晚元古界区域变质岩，变质程度较浅，多为板岩或千枚岩化的板岩。其主要成分为泥质和碳质，以及一些黏土矿物变质后形成的隐晶质和微粒状的变质矿物。

我们可以从砚材选择的角度来对比这两种石质。其实，选择砚材所考虑的不外乎以下几种要素。

一是块度。成岩的砚材遭受风化和后期构造运动破坏，或后期热液活动造成的裂隙和脉状充填物都是制砚的大忌。从这一点来比较，由于歙石生成的年代较之端石久，遭受风化和后期构造运动破坏和热液蚀变的机会要多，因而歙石多有裂隙和石筋。相对而言，端石的块度和完整性要好于其他砚材。

二是硬度。砚的硬度是相对于墨的硬度而定的，一般摩氏硬度在 4—5 度。这是砚发墨的一个重要指标。歙石的原岩为泥岩和页岩，如果变质程度浅，便达不到所需的硬度；变质程度稍深，其黏土矿物成分又极易硅化，岩石性状就会硬而滑，不易发墨。因此，在选择砚材时，我们一般要特别注意砚石的变质程度。歙石中最适合制砚的，是轻度千枚岩化的板岩。

三是孔隙度。这是与透水性相关的一个指标，也是决定砚贮墨的一个重要条件。孔隙度过小不易发墨；孔隙度过大会出现墨渗漏现象，这就是我们常说的"吃墨"。孔隙的大小往往与岩石的结构、矿物的颗粒以及遭受的风化程度有关。好的砚石一般要求其石材结构致密，矿物一般呈隐晶质或微粒，砚石处于还原环境，如果风化程度过深，砚石所含的有机成分可能就会流失，从而影响其孔隙度的大小，我们说老坑和深坑的砚石好就是这个道理。

四是观赏性。砚石取自自然界，经历了上亿年的地质年代，端石约4亿年，歙石在5亿—10亿年。在漫长的地质演化过程中，岩石的颜色、成分和结构构造都发生了一系列的变化，形成了许多美丽的天然纹饰。歙石的颜色一般为深黑色、黑色、灰黑色。其颜色的深浅取决于碳质、有机质成分的多少和风化程度的深浅，碳质成分多则颜色深，风化程度浅则颜色深。端石的颜色一般为紫色、深褐色。由于端石的成分相对比较复杂，其颜色的变化丰富多彩，在端石的基色上往往又有其他各种色块或色斑。砚石的纹饰则取决于岩石的结构构造和砚石切面的角度。歙石的纹饰多为变质构造和变质矿物的粗细韵律的变化，比如，玉带纹往往是因为横切岩石的板理或岩石中深浅颜色条带变化，抑或岩石中矿物颗粒粗细的韵律变化而形成的；眉纹、罗纹、刷丝纹、扫帚纹往往是岩石局部产生绢云母化后形成的似千枚状构造的表现；金星、金晕则是由于岩石中产有伴生的微粒黄铁矿，散状称为"金星"，雾状称为"金晕"。端石结构构造相对单一，主要因成分的变化而产生一些色块和色斑，或形成一些流线型的花纹。

一块好的砚材，只有经过艺人匠人的精心设计和雕琢，才能成为一方好砚。歙州自北宋末年改为徽州，徽州紧临南宋临安，朝廷大兴土木所用的能工巧匠大多源自徽州，直至今日，徽州的"三雕"（木雕、砖雕、石雕）技艺仍然代代传承，绵延不绝。宋以来由于尊文抑武，文人墨客对文房四宝特别是对砚的需求大量增加，徽州、宣州、湖州一带为了满足当时社会的需求，形成了湖州、宣州的制笔业，休宁、婺源的制墨业，泾县、绩溪的造纸业，歙县、婺源的制砚业。

一大批徽州匠人把木雕、砖雕、石雕的技艺运用到制砚中，从新安画派的山水、花鸟、人物画中汲取营养，精心构思砚的款式，把对幸福生活、人生理想、吉祥平安的追求，倾注到自己雕刻的砚品上。

砚品的雕刻也经历了从简单的线条到线性的花纹，从山水、花鸟、人物的图像到戏文故事图案这样一个发展过程，从案头的小品、掌中品到厅堂摆设以观赏性为主的大件这样一个发展变化的过程。中国传统文化具有中庸、含蓄、内敛的特征，引而不发，含而不露，欲说还休，无论是表现在文学上，还是表现在绘画、雕刻艺术上，都是这样。比如在砚品上雕刻山水，体现了仁者乐山、智者乐水的思想，表现的是一种人生境界，抒发的是一种博大的胸怀和不屈的精神。比如松、竹、梅为"岁寒三友"，那种冰清玉洁、虚心重节的品格，不畏风刀霜剑的精神，最为文人喜爱，因此在砚品上这样的雕刻图案最为常见。还有一些雕刻则主要用花鸟的谐音来表达一种祈求和愿望，比如，"荷"同"和"，"蟹"同"谐"，"蝠"同"福"，"鹿"同"禄"，如此等等，不一一列举。在砚品的人物上，主要表现的是受到人们尊敬和崇拜的圣人、神人、伟人、名人，如诗圣、茶圣、酒仙、八仙、竹林七贤等。

雕刻的刀法也在不断地发展变化，有阴刻和阳刻，有浮雕和浅浮雕。砚雕家们总是充分利用砚材的自然属性和天然纹饰设计不同的花纹图案，力求达到巧夺天工的审美效果。

  科学技术的进步极大地解放了生产力,丰富了生活,繁荣了文化事业。然而,在人类历史的长河中,我们永远不会忘记曾在人类社会生活中起过重要作用的器物,它们是人类社会发展到一定阶段的标识。砚就是这样一个标识。

长卷视界

岁末年初，2012年中国画双年展在浙江美术馆如期开幕。展览以"长卷视界"为题，分为"笔笔生发""游目骋怀""丘壑内营"三个专题，共展出国内34位国画大师的近百幅作品。中国美术家协会、中国美院每两年都要选择一个美术主题在浙江美术馆进行年度大展。上一期的主题是"意之大者"，展示了中国画的写意视界。

中国画长卷以黄公望的《富春山居图》和张择端的《清明上河图》为代表，享誉全球，成为中国文化的珍贵遗产，成为中国文人的精神财富，具有极高的艺术价值和历史价值。长卷作品是中国画的一种画面表现形式。中国画旧时以立轴竖式吊屏为主要表现形式，多悬挂在客厅的中堂之上，后发展成多幅吊屏连拼的形式。由于居住空间的变化以及中国画装饰材料的更新改进，中国画作为家庭装饰的重要一部分，不得不考虑居室的空间限制和家庭摆设的关系，中国画传统的立轴式竖幅装裱的形式变为了镜框装裱形式。

中国画无论采用长卷还是竖幅的形式，都与中国艺术家的审美思维有关。中国画是中国士大夫表现自然景观和内心世界的综合产物。长卷作品是从手卷发展而来的，古代文人墨客云游四方时，一边行走，一边记录所思所想、所见所闻，既有文字的记录，又有画面的勾描，因此，长卷作品是一种场景转换的画面。它完全不同于西方的油画，油画是对自然物的一种镜像反映。因此，中国画有两种最重要的思维方式：一是空间上体现了一种"游观"与"俯视"的审美视角，审视中国画时不能简单地用透视的审美标准来评析；二是手法上体现了一种"写意"与"目识心记"的审美视角，中国画追求的是神似而非形似，追求的是心里的理想世界而非外在的真实世界，审视中国画时不能简单地用再现客观场景、景物的审美标准来评判。

中国人历来喜欢文字游戏，用谐音或同音字含蓄地表达一种让人琢磨玩味的意思。"视界"一词即如此，"视界"与"世界"同音，均表示一种空间范围，但"世界"具有空间大概念的范围，"视界"则只是目力所及的范围。中国的艺术品，我们用视界来分类，大致可分为五类：

一、掌中视界。这些艺术品是一些把玩在掌中或佩戴于身的小件雕刻作品，如宝玉石件、核桃雕、鼻烟壶，现代的邮票、火花、烟标等。欣赏这类作品时，我们是将其托于掌上近距离观赏或借助放大镜观赏，题材多为花鸟鱼虫等。

二、案头视界。中国的文人常伏案劳作，案头所用之物既有实用性，又具艺术观赏性。这类作品包括砚、笔筒、镇纸、笔洗、小件的彩石雕等，我们往往是近在咫尺地坐视观赏这类作品。作品的尺寸也只有几十厘米见方。

三、居室视界。无论是皇室还是民众，对于居室空间的布置都是十分讲究的。在建筑上雕梁画栋，在门楼花窗上精雕细琢，在墙壁上

布以楹联、字画、匾额，在居室内摆放各类盆景以及木制、陶瓷、青铜器具等，所有这些都体现了居室主人的精神寄托和审美素养。这类艺术品相对较大，一般尺寸在几十厘米至几米见方。观赏居室的艺术品，我们往往是站在不同的方位来欣赏。

四、园林视界。园林艺术是中国人寄情天地、山水的一种形式，小则如庭院，大则方圆数平方千米。皇家贵族并不满足于坐拥江山，他们奢求能天天一睹大好河山，因此便有了建造园林的构想。一代又一代皇家园林随着战火硝烟湮灭了，现存于世的中国皇家园林要数清王朝所建的承德避暑山庄、颐和园，巨商文人们的私家园林则要数苏州园林了。园林的艺术品大致有亭、台、楼、阁、桥、水榭、假山、沟渠、池塘、树木、奇花异草、珍禽异兽等。一个园林就是一个微缩的小天地。观赏园林是一种移步换景式的游观。赏园，既讲究空间布局的错落有致、层次分明、远近呼应，又讲究时序的变化，不同的季节有不同的色彩，不同的气候有不同的景象，不同的时间有不同的光影。

五、山水视界。"坐地日行八万里，巡天遥看一千河"，现代科学技术的发展推动交通工具不断革新，使得这一梦想成为现实。农耕时代的艺术家们只能借助舟楫、骡马行走四方，游历山水。现如今，凭借汽车、火车、高速列车，我们可以以更快的速度在大地上行走，观赏山水；借助热气球、飞机、卫星，我们可以在天空甚至太空中遨游，俯瞰大地。

思绪回到浙江美术馆举办的"长卷视界"双年展。这次所展作品，还是以中国传统水墨画为主，题材大致可以分为三类：一是山水长卷，展现山水场景的变化，气势更加磅礴，画面的内容更加丰富，如刘国松、萧海春的作品；二是人物长卷，既有从中国传统小说里汲取营养，用新的表现手法来叙述故事的，如王明明、马小娟的作品，又有从现代生活场景中发现挖掘艺术的美的作品，如刘大为、吴山明、李学明的作品；三是花鸟长卷，这类作品相对比较呆板，只是花鸟种属的一个展示，画法也多以工笔为主，有些科普的味道。

绘画作品的视觉美真的与画面的表现形式有关吗？我们不能完全肯定这一点，但总体上是有一定的道理的。比较传统山水与现代山水的表现形式，会发现它们存在明显的差异，这种差异不是源于技法、材料等方面，而是源于艺术家对山水视界的理解。由于现代艺术家山水视界更加高远，在他们的视觉影像里，山水画只是一些山水的形态、山石的肌理、山水的色彩、明暗的块面的变化场景，勾勒山水的线条不存在了，而用长卷形式表现这样的山水，具有强烈的视觉冲击力和视觉美感。这一点，传统山水画家很难去表现的，因为他们没有这样的体验，台湾画家刘国松在这方面已经有了很出色的表现。传统花鸟与现代花鸟的表现形式也不尽相同，这是因为受到审美价值观的影响。传统花鸟作品是作为祈福祈寿祈求平安的一种象征，因此多以工笔为主，以示对主人的敬重。而现代花鸟作品更注重表现一种生机与活力，体现画面的动感效果，因此写意成了花鸟画的时尚。当然，在人物画方面也有比较明显的区

别。传统人物画大多是才子佳人、达官贵人、佛家仙人，也多以工笔为主。而现代人物画则多表现人物的风情，体现一种人与自然的关系和生存方式，而这类作品依然适宜用长卷去表现。中国画的画面表现形式和技法表现形式，现在看来与艺术家观察景物的状态有着一定的联系——是静态的还是动态的，当然也与景物的状态有关——是表现静态的还是表现动态的。在不借助外力的前提下，艺术作品的表现最好还是把握在我们的视界范围里。

水彩·四季

一座名城的丰碑

2017年4月7日,当中国文房四宝联合会、中国文房四宝协会将"中国文房四宝文化名城"匾额颁发给黄山市时,黄山市多年的夙愿终于得以实现。这是一块沉甸甸的奖牌,这是一次实至名归的奖赏,这是一个值得黄山市人民自豪的日子。几年前,当与黄山市接壤的宣城市获得"中国文房四宝之乡"时,那一刻,几乎所有从事文房四宝制作的黄山人缄默了,他们为自己所在地区与这一称号失之交臂而惋惜。虽然黄山市所属的歙县获得"中国歙砚之乡"和"中国徽墨之都"称号,但作为曾经的徽州州府所在地的黄山市徘徊在文房四宝家族之外,对于新一代的黄山人而言,无论如何都难有颜面告慰先人,也难有底气面对后人。这些年来,黄山市可以说是卧薪尝胆,知耻而为,砥砺前行,积极争取,终于如愿以偿。

一座名城与一班人

黄山市是一座非常年轻的城市。1987年,为了发展旅游事业,国务院批准撤徽州地区成立黄山市,并将当时的绩溪、旌德两县划归宣城地区。在"打好黄山牌"的同时，黄山历届市委、市政府一班人从未忘却"做好徽文章"。这两句话十个大字，时至今日还镌刻在市委大楼正面两侧的醒目位置，时时提醒一任又一任的黄山市领导。当"迎客松"的好客形象成为黄山市城市标识后，"徽"字，山水相依，人文俱佳，也成为黄山市的又一具有特色和亮点的城市标识。无论是"天地之美，美在黄山。人生有梦，梦圆徽州"，还是"梦幻黄山，礼仪徽州"，从这些城市形象的广告语来看，"徽"字招牌在黄山市历任领导的心目中都有特殊的分量。

　　"徽"字不仅仅是一个地区的名号，还承载着许多地方特色和符号。从人的层面来说，有徽商、徽匠、徽班、徽厨、徽医、徽儒等，从物的层面来看，有徽菜、徽剧、徽派盆景、徽州三雕艺术、徽州文房用品等，而徽州文房用品更是凝聚诸多因子于一身的一个特殊的地方性标识，而且是一个难以复制再造的地方性标识物。文房用品，浓缩成文房四宝。笔、墨、纸、砚，既是一个时代的符号，又具有明显的地域特征，既是简单普通的实用品，又具有非常高的艺术价值和收藏价值。黄山市的历任领导明白，仅仅手握祖宗的招牌，仅仅吆喝一种文化符号是难以为继，也是难以传承、难以发展壮大的，必须要有产业的支撑，必须要有人力的传承，必须要有精品的问世，必须要有市场的介入。这些年来，从扶持一个名店到打造一条特色街，从宣传一个名人到培养造就一代名师，从策划一件名品到形成一条产业链，从出台一条激励措施到制定一整套支持文房用品事业发展的方针、政策、规划，黄山市一步一个脚印，踏踏实实走出了一条具有时代特色和传统味道的文房用品发展之路。

文房四宝一路走来也历经艰难和坎坷。现代文房器物电脑、手机等把传统的文房四宝逼到了一个旮旯里，现代化批量式的大生产把传统的手工式的小作坊逼到了一条夹缝里，人工智能的加工模式把艰辛、枯燥、繁重的手艺人逼到了绝路上。传统的国营老厂纷纷关停、倒闭，许多手艺人易辙改行、背井离乡，许多文房用品店铺无人问津、经营惨淡。面对一个又一个棘手的难题，黄山市从未丧失对传统文房产业发展的信心和决心，因为它凝结了一代又一代黄山人的艰辛和情怀。这些年来，黄山市把手工制作的文房实用品作为一种高档文化品来看待，把文房的实用消费品作为非物质文化遗产来对待。从举办文房四宝制作技能大赛到评定工艺美术大师和非物质文化遗产传承人，从举办文房四宝名品展览到推荐参加全国各类工艺美术大赛，从作坊私塾式师徒传授技艺到开办工艺美术班和工艺美术专科学校，从街坊里弄式的小作坊到开发特色商业街和文化长廊，传统的实用品正在向工艺品、艺术品、收藏品转型，传统的手工作坊正在向名品定制、名品展览、非物质文化遗产展示和旅游景点转变。文房四宝成为黄山具有地方特色、具有历史文化符号的新型产业和珍贵商品，在新的历史时期正焕发勃勃生机与活力。

一座名城与一代人

文房四宝是文化人手中的一件件工具，是他们用来抒发情感、记录历史的材料。文房四宝是随着人类文明的进步而不断变化发展的。如何挖掘、开发这些材料，如何精心制作这些工具，倾注了一代又一代人的辛勤劳动和聪明智慧。从歙、黟两个古县，到新安郡、歙州、徽州、黄山市，文房四宝文化名城也凝结了一代又一代黄山人的磨砺和心血。

中国四大名砚之一的歙砚、徽州胡开文墨、徽州汪伯立笔、徽州澄心堂纸，都是徽州这片古老土地上历代先人智慧的结晶。他们有的留下了姓名，让后人永远缅怀；有的留下了技艺秘方，让后人继续传承；有的留下了物品，让后人作为遗产珍藏。然而，许多为文房四宝做出巨大贡献甚至献出毕生心血的先辈们默默无闻、销声匿迹，许多名品、绝技、秘方我们也并不知晓出自何人之手，出自何年何月，因何而为而作，但是他们的智慧、他们的精神、他们为这座名城所做出的贡献永远值得黄山人民的尊重和景仰，黄山人民会将他们的丰功伟绩镌刻在文化名城这座丰碑上。

说起文房四宝，不能不提一个人——叶善祝，歙县工艺厂首任厂长，歙县文房四宝公司第一任经理，安徽省解放后派往上海学习砚雕工艺的第一人，也是进献开国领袖毛主席文房砚的第一人。从1963年奉命挖掘开发传统文化遗产歙砚、徽墨起，他就把自己的命运和文房四宝紧紧地联系在一起。1996年，他将自己多年研究与思考著成《中国徽州文房四宝》一书出版发行，并退出文房四宝行业，在书法绘画领域潜心徜徉。他可以说是徽州文房四宝的拓荒者和探路人。

在获得文化名城称号的时刻，我们要永远记住和怀念两位新近离开我们的老同志。程明铭，安徽省地矿局332地质队高级工程师，20世纪80年代他受命为歙县工艺厂寻找砚石原料，风餐露宿，跋山涉水。三年多时间里，他跑遍歙县、休宁、黟县、祁门、婺源、玉山一带的荒山野岭，勘探线路5000余千米，控制面积2000平方千米，对29处矿点进行系统采样。为了获取宝贵的原石，在野外工作时他不慎摔断了腿，卧床

9个多月。他把调查研究的成果编写成《中国歙砚研究》一书，由中国展望出版社出版，后又陆续出版了《歙砚丛谈》《歙砚与名人》。退休后，他应邀参加四大名砚《中国歙砚大全》一书的编写，当时他身患高血压，手颤抖，眼睛也出现状况，但他还是几次上北京完成了该书的编著。

　　胡震龙，歙县工艺厂工艺师，一生坎坷，多才多艺。在改革开放百废待兴之时，县里成立砚雕厂，三顾茅庐，将他从深山乡村聘请来。他感谢党的恩情，感谢遇上了好的年代。20世纪八九十年代是他创作的高峰，有多件砚雕作品获得全国大奖。他不忘扶掖后生，将自己多年的从艺心得编写成《砚雕十谈》，作为当时行知中学专业教材，由他亲自授课。教材充满哲理的思辨、人性的光辉、技艺的法则以及生活的情趣，讲述了歙砚雕刻艺术的精妙之道。他的子女中有多人从事砚雕，并均有所成就，他的家庭成为名副其实的砚雕世家。他的《步声集》收录诗词共135首，字里行间充满浓郁的乡情、亲情，饱含辛酸的恋情、艺情，洋溢着深厚的友情、恩情，是他一生的心声和足音，展现了一个砚雕艺人的博大情怀。

一座名城与一群人

　　热爱一座城是因为城里有你钟爱的人，一座城市的声名好是因为城里居住着许多名门望族与声名显赫的人。一座城被称为文房四宝名城是因为城中有许许多多从事文房四宝的工艺大师、经营商贾，以及热爱文房四宝的书画家和爱好者。漫步在原徽州州府所在地歙县老城，或徜徉在黄山市府所在地屯溪老街、黎阳老街，让你怦然心动的是一间间经营文房用品的商铺和一个个制作文房用品的手工作坊，映入眼帘的是一件件精美绝伦的文房艺术品，沁人心脾的是一阵阵弥漫在空气中的纸馨墨香。一座古城像一座博物院，一条老街像一个博物馆，漫步其中，仿佛置身于时光隧道。小城与小街静谧而又古朴雅致，经营者与手艺人谦和而又慢条斯理。来到徽州，来到黄山，在欣赏美丽的自然风光之后，最惬意、最心动的是淘到了一件让你称心如意的文房用品。小城、小街、小巷每天都在演绎一个个关于文房用品的传说和故事。

在屯溪老街的老虎巷内坐落着老胡开文墨厂，2001年，这个生产中华老字号书画墨的老厂受到市场的冲击，面临倒闭。一旦宣布破产，老胡开文墨商标这一无形资产将随之付诸东流，传统的制作工艺和祖传配方将随之失传。汪培坤看在眼里，急在心里。他从小跟随师傅学习砚雕，深知墨之于砚的重要性。皮之不存，毛将焉附？如果没墨，砚还有制作的必要吗？他倾其全部，不顾家人的反对，毅然决然地盘下了这个破旧不堪的老厂。他放弃了砚雕，一门心思地投入徽墨的制作管理和研发生产中。小厂在他的带领下起死回生，并焕发了新的生机和活力。

在屯溪隆阜乡下小溪旁有一处不起眼的农家小院，前几年，方见尘把它改造成了自己生活和工作的场所，谓之"砚父草堂"。这是年近花甲的他为自己选定的安身之处。他从小跟着父亲学习砚雕，家传的渊源、天资的聪颖与性格的桀骜不驯糅合在一起，既成就了他艺术的禀赋与特质，又成为他生活的颠簸与磨难的必然。他从不满足于庸常的生活状态，无时无刻不沉浸在他的艺术构思和想象中。他的砚雕作品突破成规，充分利用砚石的天然形状和纹饰，用简练的线条、奇特的造型设计作品，特别是他把女性优美的线条和俏丽的脸庞运用在砚雕作品中，一块块顽石在他手中幻化成一件件精美的艺术品，让人叹为观止。

屯溪老街有一家挂着"砚雕世家"牌匾的店铺，主人叫王祖伟。20世纪80年代，他师从胡震龙学艺。师傅十分偏爱这个徒弟，把自己的小女儿许配给他，二人又多了一层翁婿关系，从此，他的砚雕技艺突飞猛进。他的作品大气磅礴，沉稳丰盈，擅长表现宏大的场景。他把黄山的山水淋漓尽致地表现在砚雕作品上，他的古典和神话人物题材作品端庄秀美、形神兼备、栩栩如生。他因此成为黄山市第一位工艺美术大师，享受国务院政府特殊津贴。

蔡永江的工作室在屯溪黎阳老街上，门楣上写着"天泽堂"，门右的墙面上"清华大学研学基地"牌子着实让人刮目相看。从江苏淮安到上海学习绘画，从婺源学习砚雕技艺到成为中国文房四宝艺术大师，他用了30年时间成为砚雕界一颗璀璨的巨星。砚如其人，规整、淡雅，他的作品总是透出一种文人气质。

徽笔发轫于宋代，由以古徽州吕大渊、汪伯立等为代表的制笔大师以独特的技艺制作而成。在近现代，湖笔独领风骚，徽笔生产日渐式微。1994年，有一位年轻人继承家传，勇敢地在屯溪老街开起了"杨文笔庄"。小小的毛笔在杨文手中要经过72道工序。经过反复试验，他用不同的原料创制不同用途的毛笔，他因此成为重振徽笔的第一人。

坐落在黄山区的白天鹅宣纸有限公司

是黄山市唯一一家制作宣纸的知名厂家。熟悉宣纸历史和文化的人都知道，宣纸是泾县曹氏族人发明的。白天鹅公司的掌门人曹阳明即为曹氏后人，选择在黄山区落户，是因为他的祖先曾是黄山区（太平县）人。曹阳明的归来填补了黄山市文房四宝的一大空白。

在文化名城这个丰碑上，我们还要镌刻下一些人的名字，他们曾经或正在为文房四宝的事业增添光彩。他们是：歙县工艺厂厂长杨震，徽墨厂厂长姜林和，砚雕大师曹阶铭、郑寒、李红旗、胡秋生，砚雕新秀朱岱、温鑫、江宝忠、方学斌、程礼辉、潘小萌、李利宾、丁晓翔，制墨大师周美洪、项德胜、吴成林、项胜利……

一座名城与一个人

1999年，当郭海棠第一次应邀参加黄山市文房四宝展览时，她就被这座清新雅致的山区小城给迷住了。作为第四届、第五届中国文房四宝协会会长，第六届执行会长，年近古稀的她一直倾心、醉心于文房四宝事业的发展，对黄山市文房四宝的发展更是厚爱有加。在这之后，只要她来到安徽，总是不忘到黄山看看。她已记不清自己来过多少次黄山，黄山市的"中国歙砚之乡"和"中国徽墨之都"文房四宝特色区域的称号她都亲自参加评选。黄山市所有的工艺美术大师她都耳熟能详，每一位大师的性格她都能说出一二，她与这些大师成为好朋友甚至忘年交。她跑遍了黄山市几乎所有比较大的文房四宝厂家和商家，总是极力鼓励他们要守住这方产业宝地。她一直希望黄山市成立文房四宝协会，加强行业的凝聚力和向心力，展示文房四宝对外的良好形象，发挥文房四宝行业的整体效能。2014年，在她的关心和支持下，黄山市成立了文房四宝协会，她亲自到会指导，并发表了热情洋溢的讲话，鼓励黄山文房四宝业界要精诚团结，追求卓越，发挥优势，传承文化。

  这些年来，她极力推进制定和完善文房四宝国家标准和行业标准，组织专家参与评选文房四宝特色区域和中国文房四宝艺术大师，推动了这些区域的经济发展，组织文房四宝行业骨干企业到发达国家和地区进行考察、访问，进行文化艺术交流活动，举办文房四宝艺术博览会和高级艺术人才研修班，编辑出版《中国文房四宝》杂志。她为文房四宝的发展可谓殚精竭虑，只要是为了文房四宝的事，她就不辞辛苦，不厌其烦，不倦奔走，不懈努力。由于她卓有成效的工作，协会与会员之间的凝聚力越来越强，文房四宝的影响力越来越大。她为弘扬民族优秀传统文化、保护国家级非物质文化遗产文房四宝做出了积极努力和贡献。

  2017年3月，她再一次来到黄山市。她高兴地接受了黄山市关于申报中国文房四宝文化名城的请求，并邀请会长温寒石和10多位专家对黄山市进行考察评审。令我感动的是，她事先特意给我打了电话，希望我能参加这次评审。我特别意外，又觉得在情理之中——从我认识她起，她给我的印象就是，只要你热爱文房四宝，你就能成为她的至交，她和你就有说不完的话和故事。我只是一个文房四宝爱好者，也只是在《中国文房四宝》杂志上发过几篇文章，我心里清楚她希望我能多给杂志投稿，多宣传文房四宝，多宣传黄山市这座文化名城。在这里，我不想对郭海棠会长有更多的褒奖，她与这座名城，与这座名城的大师们肯定有许多鲜为人知的感人故事，这座名城将会永远记住她，记住她为这座名城所做出的贡献。

喜欢黟县的十大理由

古老的黄山大地，曾经只设两个县域，一为歙，一为黟，那是秦王朝所设的郡县。历经一代又一代，黟县也一次又一次瘦身，现如今，黟县地域面积仅853平方千米，人口不足十万，是安徽省最小的县。黟县也成为藏在深闺人未识的世外桃源，只有县乡公路与外界相连。难怪人们总把它与陶渊明所写的《桃花源记》联系起来，说黟县

就是桃花源里人家。这样的猜想也不是没有道理，现在，我们在西递一户人家的门楣上还可以看到"桃花源里人家"的石刻，黟县人也喜种桃树，黟县还有陶姓的村落，发现了陶氏宗谱，所有这些或可成为一个个佐证吧。与世隔绝，少与外界交往，使得黟县成为中国农耕文化的一块活化石，成为田园牧歌般美丽乡村的一块样板，成为展现中国封建社会徽州商贾、官宦世家的居家生活的一幅画卷。20世纪90年代，黟县的宏村、西递村作为皖南古村落申请世界文化遗产获得通过，从此，黟县成为人们向往的地方，成为重要的旅游目的地，成为中国最美的画里乡村。

从地质地貌学角度观察，黟县是一个山间盆地。盆底是加里东期的半风化的花岗岩，四周以一套元古界浅变质的泥质灰岩、碳质板岩、硅质岩地层为屏障，大多古村落都是沿着这道屏障所建，因此，黟县又多有以"屏"字命名的村落，如南屏、屏山等。盆内盆外岩性的差异，使得黟县的山显得更加雄伟，更加富有气势、富有韵味。喜欢黟县的理由之一：黟县有典型的山间盆地的地貌景观。

花岗岩给这里提供了充足的优质土壤，四面环山，涓涓的山泉汇至盆地，又提供了丰富的水源，这是百姓最重要的休养生息的条件。风化、半风化的花岗岩富含多种对人体有益的微量元素，人们熟知的富含保健矿物质的麦饭石就产于其中。而这样的土壤也具有较强的吸附功能和过滤功能，使得这里的地下水饱含微量元素而又不含有害杂质,这里的人可以天天喝到天然的矿泉水。这里的瓜果蔬菜、五谷杂粮也特别可口,富有营养。喜欢黟县的理由之二:黟县是一处水土优质的养生之地。

黄山自古山多地少,素有"八山一水一分田,包括道路和庄园"之说。而黟县的古村落也大多为唐末以来北方士族大家迁徙而建,因此在选址上十分讲究,既要有充足的水源,又要有可以耕作的田地,而村落又不能占用田地,还要留足繁衍生息的空间。另外,在选址过程中还要严格遵守风水理论,对气流、光照、水流、地基软硬的变化都要加以考虑。因此,黟县古村落的形状、方位都根据自然条件随形就势而建,如宏村的牛形、西递的船形、南屏的阶梯形。喜欢黟县的理由之三:黟县是讲究科学布局的古老村落。

要了解黟县,了解黟县人的精神追求和生活方式,得从了解黟县民居开始。黟县民居又称"徽派民居",具有较强的个性特质和建筑工艺价值。这些个性特质体现了黟县人对当地自然生态条件的考虑以及精神追求。徽派民居中都建有天井,明代和清代的民居只是天井的位置有所变化而已。天井占据了民居中很大一块室内可用面积,在现代的建筑中我们再也见不到这样的构造了,但在古代,为什么在徽州在黟县盛行呢?其实这是古人的智慧。其一,天井体现了古黟县人"天人合一"的理念。人受制于天,一个人坐在家中便可知晓阴晴圆缺。其二,天井可用来调节室内温度和湿度,如同今日之空调。其三，当地人还有一种说法，说天上下雨下雪就如同下白花花的银子，天井是"聚宝盆"，有肥水不外流的特殊功用。马头墙是徽派民居又一大特色。明代的徽派民居还少有这种马头墙，到了清代，马头墙成为徽派民居区别于其他民居一个鲜明的特征。这个看似装饰的墙体，其实也有重要的功能。由于山里的土地金贵，大多徽派民居都是相邻紧挨在一起，地基方位和高度也不相同，因而建造民居时要充分考虑可能对隔壁邻居造成的妨碍，所以这道墙又称"防火墙""防风墙"，有了这道墙，自家失火了就不会殃及邻家。另外，由于民居地处不同方向和不同高程，马头墙错落有致，甚至有钩心斗角之精巧，体现了建筑上的一种形体美和韵律美，近看如一匹匹奔腾的骏马仰天长啸，远望如展翅的群鹰从山里腾空而起。我想，这就是山里人的一种远大志向和审美情趣。花窗是徽派民居装饰建造的又一特点。相对于平原，山区的日照时间要短一些，徽派民居一层的外墙一般没有通向外面的窗户，只有二、三楼才辟有很小的窗户，一是提防盗贼，二是提防偷窥。因此，徽派民居室内的采光就成为一个问题，为了最大限度地采得室内天井透进的光照，在靠近天井一边的居室就采用大面积的花窗设计。对花窗的制作，黟县人是极为讲究的，他们把对理想生活的追求和向往、对后代的殷切期望和寄托都雕刻在这花窗上。这样，花窗除具有通风采光的功能之外，还有美化和教化之功用。此外，徽派民居内的楹联匾额、小型院落，也是其重要组成部分，也体现了黟县人的生活情趣。喜欢黟县的理由之四：黟县有充满生活情趣的徽派民居。

徽派民居重装饰，其装饰独具匠心，颇堪

玩味，令人遐想。装饰的用材主要有石料、砖料和木料三种。装饰主要在门罩、门楣、花窗、斗拱、雀替、栏杆等地方精雕细刻。门罩和门楣的装饰是一户人家身份和地位的象征，当然，在装饰的规格上也有规定。黟县的门罩装饰多为石料，因为当地盛产一种叫"黟县青"的石料。其实这是一种含碳质、泥质的石灰岩，碳质成分高，偏黑。黟县这种黑色石头多，有人说"黟"字的本义就是"黑多"，也许有一定的道理。而在徽州其他地方，则常用砖料代替。无论是石雕还是砖雕，所雕刻的内容都是房子主人对美好生活的向往和对后辈未来的期待，以及主人对人生的态度和价值取向，往往含而不露，采用隐喻之法，用谐音的动植物形象或象征符号来表现主人的愿望，如祈福祈寿就雕刻蝙蝠仙桃的图腾，如此等等。花窗、雀替、斗拱、栏杆多为木雕，由于木料材质相对较软，因此，在不影响其功能的情况下，这些是可以使工匠的聪明才智得到绝佳表现的地方。在主人的授意下，工匠在狭小的空间中极尽所能，他们大量采用浮雕、透雕之手法，尽可能多地表现丰富的内涵。因此，徽州的"三雕"中唯木雕存世量最多，也最为精美。喜欢黟县理由之五：黟县的建筑有装饰精湛的"三雕"工艺。

徽派民居还有一个重要组成部分，这就是楹联和匾额。这是在其他民居中不多见的一种装饰，它体现了徽州人的一种精神追求和志向。黟县现存的民居大多为明清所

建，但其中装饰的楹联和匾额所题之款则多为孔孟之道和程朱理学之精髓，所景仰的是中华民族传统美德，理学思想已经浸入了徽州人的血脉里。理学有一个很重要的思想，就是"正心诚意格物致知修身齐家治国平天下"，讲究的是"先圣后王"，因此，徽州人最看重的是知与行、身与家。这些楹联、匾额上所题多为做人的道理、为学的途径、处世的态度、立世的根本，如"快乐每从辛苦得，便宜多自吃亏来""创业难守成难知难不难，读书好营商好效好便好""世事让三分天宽地阔，心田存一点子种孙耕""让人岂怕人宁可让人终是福，省事非畏事若能省事永无忧"。徽州人自小就耳濡目染这些博大精深的中华传统道德情操，这也体现了一种文化的世代传承。仅在黟县，这样的楹联、匾额就不下千幅。喜欢黟县的理由之六：黟县有尊崇理学思想的文化传承。

　　人们经历山重水复来到黟县后，眼前豁然开朗，总有种来到世外桃源的感觉。据说20世纪80年代在建设皖赣铁路时，有人建议从黟县县城穿过，遭到了当时县领导的坚决反对，理由是害怕占用大面积的耕地和影响整个生态环境。现在看来那次的反对是具有深远意义的，至少让我们现在保有了一块农耕文化的样板。交通的不便确实给这个山区小县人民的生活、出行带来不便，也影响了黟县经济建设的快速发展，但黟县的后发优势正在显现，黟县的历史文化价值无法估量。当城市化过度发展给我们带来问题、带来困惑、带来烦恼时，回归自然、回归家园将成为我们心灵的呼唤，黟县这个桃源人家也成为人们越来越向往的地方。来到黟县你总能感受到黟县人不紧不慢、悠然恬适，小家小院被收拾得干干净净、打理得漂漂亮亮，有人说黟县人的幸福指数最高。我们常说以人为本，真的不明白我们是以人的物质条件改善为本，还是以人的幸福指数提高为本。喜欢黟县理由之七：黟县桃源人家有悠然的生活态度。

黟县地处北纬30度左右，这是一条神秘的纬线，世界上许多奇景奇迹都发生在这条线上。黟县不但历史文化厚重，宏村、西递被列入了世界文化遗产名录，自然风光和地貌景观也是美不胜收。由于具备优质的水质、土壤、空气条件，黟县四季分明，时序有致，光影变幻无常，色彩丰富绮丽，黑白对比强烈，虚实层次有序，自然风光与人文景观和谐共融，因而这里成为视觉艺术创作的天堂。众多美术学院选择黟县作为学生的写生基地，还有人在这里开辟电影拍摄基地，黟县既是国际摄影节的重要举办地，也是国际山地自行车赛事的重要举办地。喜欢黟县理由之八：黟县是视觉艺术创作的重要基地。

在徽州有两种人：一是行商在外，闯荡天下，富甲一方的徽商；二是精雕细刻，不急不躁地打点自己的生活、装点自己家园的徽匠。正是徽匠的辛劳和才智，成就了徽州的"三雕"艺术。砖雕、木雕、石雕也已成为徽州的名片，成为现代人最为抢手的收藏品。黟县的徽匠有三种类型：一是工匠，张小泉就是其中的杰出代表，他创制的剪刀行销海内外，成为中华老字号。二是陶工，景德镇现在是中国的陶瓷之都，大家并不陌生。其实，景德镇在宋代只是浮梁县的一个小镇，叫昌南镇，浮梁当时属不属黟县管辖我不得而知，但当时昌南这个小镇里聚集最多的是黟县人、祁门人和浮梁本地人，珠山八友中，黟县人就占了一席之地。陶瓷工艺不断发展进步，黟县的匠人们功不可没。三是雕工，黟县的石雕工艺最为精湛，这是由于此地石料资源丰富。现在，

县城里的金星工艺厂和小石工艺厂还是以石雕工艺见长,两家的石雕工艺作品多次获全国大奖。喜欢黟县理由之九:黟县有甘于清贫寂寞的徽州工匠。

中国的民居建筑如同人一样,是具有生命时限的,当一座座老房倾圮消失后,我们真的无能为力,这只能提醒我们要好好珍惜现存于世的老屋子。见到这些老屋如同见到一个个充满智慧的有故事的老者,会激发我们对时间的思考、对生活的思考,甚至对生命的思考。一个个有识之士来到黟县都会有这样的感受,他们都在寻找即将逝去的家园、即将逝去的田园牧歌般的生活。他们抛却繁华的都市,抛却忙碌的应酬,甚至离开自己的亲朋好友,毅然决然地来到这个寂寞宁静的地方,在山谷里、在湖畔、在老树下、在小巷里找寻将要倾圮的老屋,用他们的全部积蓄,用他们的全部智慧,用现代的、传统的装饰元素来装点他们心中的家园、心中的伊甸园,也为行者、旅者提供心灵的栖息地。这样的老屋客栈有西递的猪栏酒吧、宏村的十三楼、卢村的述理堂等,还有南屏的诒燕堂。喜欢黟县理由之十:黟县有古老徽派民居的现代客栈。

探寻徽州文化的精神之源

北宋年间有一个社会治安相对比较混乱的地方，当地的农民如方腊等举旗造反，对抗朝廷，不服管治，为此朝廷伤透了脑筋。赵佶（宋徽宗）派兵镇压，终于平定了混乱的局面，不知是为了纪念还是什么别的原因，从此，他把这个叫歙州的地方改称为徽州。而他的谥号为"徽"，世称宋徽宗，不知是巧合，还是他生前的有意安排。从象形来看，"徽"字像绳索将人捆绑一般，带有制服的意味；从会意拆分来看，"徽"字山水相依、人文俱在，含有美好之意。在这之后，宋廷南迁，给徽州经济社会的发

展带来了前所未有的良机，使这块蛮荒之地成为一片热土，在历史上有了称雄明清两个朝代的徽商的崛起和强大，也给后世留下了弥足珍贵的物质财富和文化遗产。

1987年，国家为了适应旅游业发展的需要，为了"把黄山的牌子打出去"，撤了徽州地区，成立黄山市，徽州这一地域文化概念成为历史。20多年过去了，黄山市在打好黄山牌的同时，也在努力做好徽文章，徽州这一历史文化现象不但没有湮没，而且通过旅游业的发展得到了很好的保护和利用，得到了系统的整理和宣传。现如今，徽州文化在国内乃至国际上都产生了深远的影响，反过来对黄山的旅游业以及经济社会各项事业都产生了积极的推动作用。

一方水土养一方人、一方物种、一方文化。由于特殊的地域环境，徽州先人从自然、从历史、从现实的境遇出发，通过不断的探索和总结，逐步形成了地域特有的生活理念和生存哲学，形成了特有的精神追求和思想境界，形成了特有的行为方式和价值取向，从而提炼出徽州文化的主体内核。这是一个社会平安的灵魂，这是一个社会平安的基石，也是一个社会平安的理由。自2001年以来，黄山市蝉联了"全国社会治安综合治理优秀市"。自徽州建立以来，800多年过去了，这里依然山水美丽，民风淳朴，文化灿烂，一派祥和平安的景象。

一、徽州人的精神追求和思想境界

在徽州这方土地上，有三位哲人备受后世景仰和效仿，他们是生于斯、长于斯的徽州人，在不同的历史时期都产生过重要的作用和重大的影响，也是历史上备受争议的人。他们的哲学思想和精神追求以及生活理念、价值取向已经深深地融入了徽州这方土地中，融入了徽州人的血液中，甚至成为徽州文化的一个重要的基因。有宋以来，他们整整影响了徽州近千年的言与行。这三位哲人分别是朱熹、戴震、胡适。

1. 终极关怀的人文精神。宋以前，徽州还是一块蛮荒之地，只是到了五代十国特别是在宋朝南迁以后，大批士人官家为了躲避战乱从中原迁徙到这里，徽州才第一次受到了外来文化的冲击和影响。"近水楼台先得月"，宋朝由于地域的关系对徽州的影响尤为巨大。在思想文化方面，由于程颐、程颢、朱熹同为徽州人，由他们创立的程朱理学直至今日还在对徽州起着重要的影响。程朱理学是在传统儒家学说的基础上，有选择地吸纳了道家、佛家思想的有益成分，不断丰富发展起来的。由于它既着眼于人的社会责任，又关注人的生命意义，特别强调道德修养的功夫，因而具有终极关怀的意味。明清两代的封建统治阶级把理学作为国学，作为取仕的一个标准，作为巩固其统治地位的重要理论依据和指南。明清两代又是徽州这个地方最为活跃和称雄的时代，崛起的徽商也把理学奉为治家的法宝，他们的理想追求和做人的原则无不用理学来加以对照和规范。

2. 理想秩序的社会情怀。朱熹穷极一生的追求是希望建立一个有着理想秩序的社会，他提供给士大夫们实现这一理想的途径为"格物致知诚心正意修身齐家治国平天下"。封建专制君权非理性的无限膨胀，成为他挥之不去的心理阴影，因此他不惜以生命为代价坚持他的"格君心之非"的政治主张，这就是"正君心、肃纲纪、抑豪强、纾民困"。他呐喊出"存天理，灭人欲"，这个"天理"就是一种理想的社会秩序和社会管理准则，这个"人欲"并不是指一般人的生存欲望，更不是一般人所理解的生理欲望，而是专制君权非理性的苟且偷安、贪图享受、肆意挥霍的欲望。朱熹把理想的社会秩序比作天理，但并没有把君主神化，而是把君主作为一般意义上的人，在封建时代这样的认识无疑是进步的。然而，由于汉语言往往存有多义、多解的特点，"存天理，灭人欲"到了明清两代便有了新的诠释："天理"成了封建礼教，"三纲五常"谁也不能动摇；"人欲"则指一般人的情欲，要坚决予以克制。这样，朱熹的这一重要的理论观点便成了封建统治阶级愚弄、奴役百姓的一个重要理论根据。有鉴于此，清朝时期徽州的又一位哲学家戴震对这样的情形发出了呐喊，"不能以理杀人"。到了民国，徽州的另一位哲学家胡适更进一步地对封建礼教进行了揭露和批判，对戴震给予了高度的评价，他发起了新文化运动并着力于白话文的推广。然而，无论是朱熹还是戴震、胡适，他们的愿望都是建立一个理想的社会秩序，他们的思想和实践在徽州这块土地上都产生了重大的影响。无论是治国还是治家，程朱理学都被徽州人奉为至宝。

3.道德修养的人格塑造。在徽州西递村笃敬堂中有一副楹联："创业难守成难知难不难，读书好营商好效好便好。""效好"，有人理解为效果好或效益好。然而，在徽州这块古老的土地上，获得的效益和效果应该不是第一位的，修身才是第一位的，从朱熹到戴震再到胡适，他们所有的追求都是为了实现自己的人生价值。因此，这里的"效好"便有了另外一种解释："效"是仿效，"好"是榜样，是一种道德规范和标准。无论你从事何种职业，你都要向榜样学习，都要践行道德规范。我们通过比较徽州和温州两个地方，能更进一步说明，两个地方的道德评价标准不同，决定了两个地方人的追求的差异性。徽州与温州从自然禀赋来说，应该有许多相似的地方。在严格的计划经济时代，两地的经济状况大体相当。然而，在实行改革开放之后，温州的经济获得了飞速的发展，温州的活力获得了极大的释放。而徽州的发展相对比较平稳和缓慢，人的能量依然没有得到充分的释放。有人说，徽州人缺少敢闯敢拼的精神，缺少勤奋实干的精神。其实，支撑一个地方的活力源泉还是一个价值观念问题，还是一个仿效问题。温州地处浙东，这块古老土地上的人们自古信奉事功学说，陈亮的"王霸并用"、叶适的"事功学说"，无不在这块土地上产生了深远的影响。而在徽州这块古老的土地上，人们自古信奉功夫修养学说，讲究循规蹈矩，凡事要问动机，朱熹的"内圣外王""修身齐家"之说，至今还在影响这方土地上的人们。因此，在徽州这块土地上，"修身齐家"是第一位的，只有获得足够的"功夫"，才能去征服世界，一句话，"内圣"才能"外王"。徽州人的人生或自身价值重于他们所拥有的财富和家产。在这里，拥有财富永远难以成为受人尊重的理由，人生价值才是他们追求的终极目标。

二、徽州人的生活理念和生存哲学

一个地方的生活理念和生存哲学是和这个地方人们的生存环境息息相关的，仁者

乐山，智者乐水。生活在海边的人们和生活在山里的人们，其生活理念完全不同，由此便产生了蓝色的海洋文化和黄色的内陆文化。海洋文化的开放性和内陆文化的保守性自然有其存在的理由。

　　1. 随遇而安的人生哲学。从地域环境来说，徽州是一个相对比较封闭和独立的区域，自农耕时代以来，它不能够自给自足，许多徽州人必须走出家门到外去打拼、谋生。徽州有这样一句俗语："前世不修，生在徽州，十三四岁，往外一丢。"有人把徽州人比作"徽骆驼"，甘于吃苦耐劳，甘于任劳任怨，这也成就了徽商。古徽州恶劣的自然地理环境养成了徽州人随遇而安的性格禀赋，直至今日，许多徽州人还居住在山旮里。由于受自然地理条件的限制，徽州人对其所居住的环境和居家特别讲究，他们信奉"天人合一"的理念，特别注意山势的阴阳、水系的曲折、气流的变化等，既要有可以耕作的土地，又要有赖以存活的水源。一旦选择了适宜的居家环境，他们就会精心建设自己的家园，并细心地加以呵护。现如今，我们依然可以看到古徽州存留下的许多精美的古村落、古水口、古牌坊、古祠堂等。黟县的宏村、西递已成为世界文化遗产，黄山风景区也已成为世界自然和文化遗产保护的典范。

2. 以和为贵的生活态度。以和为贵是中华民族传统文化中一个最为重要的生活理念。在徽州这方土地上，"和"体现在多个层面上，人与人交往要和善，待人接物要和气，邻里之间要和睦，社会发展要和谐。在徽州你很难见到争强好胜的场面，徽州人不太计较输赢，他们认为没有输赢就是和，和其实是一种双赢。和的理念在徽州的传承和表现也最为丰富多样。徽州人往往以荷花寓和，因而徽州人最喜欢荷花，在自己的庭院池塘里种植荷花，在自己的厅堂居室里画荷雕荷。比如，画上一丛荷花再配一只蜜蜂，隐喻生活和和气气、甜甜美美，配上一只螃蟹，喻家庭成员和谐相处。两户人家过道的门楣上还不忘写上"履道含和"。总之，徽州人的生活里处处体现和这一生活理念及生活态度。

3. 唯有读书的人生追求。"学而优则仕"是儒家思想的一个重要观点，也是宋代以来朝廷取仕的一个重要途径。徽州人受儒家思想和程朱理学的影响较大，在他们的思想意识里，能够体现自己人生价值和使自己出人头地的唯有读书，"万般皆下品，唯有读书高"。因此徽州人特别重视教育。在徽州的历史上，休宁一县自宋代以来就出过 19 个状元，由此，休宁被誉为全国第一状元县。在徽州，重视"学而优"还有一个重要的表现形式，就是树碑立传，谁考中了状元或获得

功名，族人就会在村头显眼的位置给他立个牌坊，以彰显其荣耀，比如歙县雄村的四世一品坊、徽州区潜口村的同胞翰林坊等。重视教育还有一个显著的特点，就是大力兴办学院、学校、私塾。在徽州，"十村之户，不废诵读"，直至现在，徽州还完整保留着多处书院、私塾，比如歙县雄村的紫阳书院、黟县宏村的以文家塾等。这些存留下来的牌坊和书院直至现在还在徽州这块土地上起着引导和教化的作用。

4. 尊重商贾的社会风尚。作为一个以农耕为主的地方，徽州从不避讳言商。由于徽州人多地少，可用耕地有限，徽州的物产相对又比较丰富，因此，走出大山进行物物交换成了徽州人的一个必然选择。由于土壤和气候的原因，徽州是一个著名的茶叶主产地。徽州产名茶，无论是何时何种机构组织名茶评选，全国十大名茶中，徽州茶都要占据三至四个席位，黄山毛峰、祁门红茶、屯溪绿茶、太平猴魁已成为茶中英豪了。徽州地处皖南山区，"八山一水一分田，包括道路和庄园"，由于雨量充沛、气候宜人，徽州山区植被丰富，是全国著名的林产区。景德镇紧邻徽州，原是昌河之南一个不起眼的小镇，由于相邻的徽州祁门产优质瓷土，景德镇的陶瓷业获得了极大的发展，成为古代的四大名镇之一。宋明两代，陶瓷是国家对外贸易的主要商品，当时设置的浮梁瓷局相当于现在经济特区，而参与生产、制造、经销陶瓷的多为徽州人，尤以黟县、祁门人为多。有了林、茶、瓷这些丰富的物产资源，徽州人就有了经商的条件和本钱。我们知道，在云南有以茶易马的传统，因此有了那条茶马古道。那么，我们对于徽州以茶、木、瓷易盐、丝绸、洋货，也就不难想象了。到了清代，徽州人掌控了全国的大部分盐业和典当业，并有了"无徽不成镇"之说，也就不足为怪了。士农工商，虽然商在古代社会里处于末流，被人瞧不起，有"无商不奸"之说，但在徽州，商人并没受到歧视和怠慢。一方面，徽州人经商获取的资本并不是为了获得更大的财富，他们念念不忘的还是要实现他们自己的人生价值。这样，经商所得或捐赠国家，以得到社会的尊重和承认；或行善回报社会，修桥铺路，建造祠堂，竖立牌坊。歙县棠樾的牌坊群即是鲍漱芳经商发家后不忘祖辈的德行和功业，为家族每一个值得尊敬的人都立起一个牌坊，按照忠、孝、节、义的顺序排列，共建七座牌坊。另一方面，徽商贾而好儒，在徽州商人的庭院宅第里，除了追求舒适豪华外，他们的独具匠心还在于能把自己的所想、所思、所追求以及对后辈所寄托的，精心、巧妙地安排在建造的宅第中，堂有匾额，柱有楹联，壁有画幅，室有花窗，处处透着生活情趣和人生哲理。因此，在徽州，商人不但是追求财富的领路人，还是家门风气的引领者，这样的商人理应得到社会的尊重。

5. 延续家脉的保护意识。家族是维系一个社会平稳发展的最重要的单元和保证，一个家族就是一个小社会，就是一个微缩的国家。徽州有大大小小的村落，往往一个村落里居住着同一姓氏、同一家族的成员，为了保证家族的兴旺、维护家族的荣耀，每一个家族都有非常严格的家法和族规，也就是我们现在所说的村规民约，家族成员触犯了族规，就会受到非常严厉的惩罚。在歙县棠樾村鲍家祠堂里就赫然写着鲍氏家族的族规，比如，打街骂巷的，改过后还可以发给义田口粮；盗卖祖坟、砍伐荫木的则永不发给口粮，甚至会从家族中逐出。在徽州，除了这些族规民约外，对影响家族生活起居的重要生产生活要素，比如村上的水口林、流经村庄的水系等，一草一木、

一石一土，都有严格的规定和要求，不能随意更改和移动。徽州人的所有奋斗都是为了家族的荣耀，徽州人所做的一切都是为了家族得以生存、繁衍下去，也就是实现可持续发展。徽州的建筑也处处体现保护意识，比如徽派民居的马头墙，其实就是一道防风防火的隔离墙；徽州民居高墙深院，窗户高且小，那是为了防盗；为了保持房屋的通风和采光，他们设计了天井；徽州人家家院落里都有一个防火池。所有这些都是为了平安。

三、徽州人的行为方式和价值取向

一个人的行为方式和价值取向，与他所处的历史时期的社会制度特别是利益分配制度相关，同时也与那个地方人们的评判标准有关。偏居安徽南部山区的徽州人，一方面受自然环境的阻隔和限制，他们在征服自然和改造自然中，获得了宝贵的经验和教训，从中也总结了一些行为准则；另一方面，他们也得到了优美富饶的自然环境的厚泽，这方天地也形成了徽州人的性格特质和处世风格。

1. 以勤养身，以俭立德。"快乐每从辛苦得，便宜多自吃亏来"，勤劳是徽州人养身的根本，也是立家的根本。历史上，徽州的地域环境相对封闭，多为山地，生存环境和生存条件相对也是比较恶劣的，在这样的环境中生存的，首先是原住民，其次是躲避战乱的人，或是躲避迫害的达官贵人。这样的人来到徽州，寻求的最大的满足就是能够得到一个平安的环境，因此，他们立家处世的原则就是勤勤恳恳地劳作以维持生存的需要，俭俭朴朴地持家以繁衍后代，平平安安地过着与世无争的日子。由于山多人少，气候、水、土壤、物产资源条件良好，因而徽州人能够过上自给自足的生活，虽然谈不上富裕，但过得非常殷实。在徽州有这样一句至理名言，就是"小富即安"。由于交通的阻隔和限制，徽州很少有外族进入，受干扰和影响的机会很少，长此以往，形成自己独特的性格特征就不难理解了。

2. 以忍为上，以退为高。在徽州黟县有这样三副楹联："忍一时风平浪静，退一步天高地阔""世事让三分天宽地阔，心田存一点子种孙耕""让人岂怕人宁可让人终是福，省事非畏事若能省事永无忧"。这是徽州人的治家格言，也是徽州人为人处世的座右铭，反映了徽州人的一种处世态度和精神境界，同时，还是徽州人的生活哲学。徽州人信奉以忍为上、以退为高的人生哲学有以下几点重要原因：一是举家外迁于此的外乡外族人到了徽州，在不熟悉生存环境的情况下，他们在行为方式上采取谨小慎微的态度，这是生存的需要。二是徽州人在性格方面比较绵柔，处理问题一般多以理服人、以情感人，或让第三方调停，一般情形下不激化矛盾，不诉诸武力，具有尊重法律、遵守乡规民约、尊崇民风民俗的风尚和传统。从徽州存留和在当地发现的大量徽州文书和契约里，我们可以了解到古代徽州人是在哪些方面、用哪些方式去防范和避免纠纷和矛盾的发生的。三是徽州作为一处山多人少、生态资源良好的地方，具有广阔的生存空间，忍一时、退一步都不会影响到他们的生活。所以在这样的地方生活有条件忍，也有地方可退。四是徽州人大多着眼于长远利益，考虑问题、处理事情相对来说要长远一些，一般情形下不为一己之私、一时之利所困，犯不着去惹是生非，也没有闲暇和精力去与人过不去。该让该忍的他们都能承受得了。让人并不是怕人，省事也并不是怕事，都是为长远目标的实现着想，都是为子孙后代的幸福着想，都是为了整个家族和这个地方的永久安宁着想。

  3. 仁义待人，廉洁律己。仁和义是儒家思想中最具有核心价值的两种行为方式。仁最为浅显的道理就是爱人、关心人、尊重人、理解人；义的道理就是帮助人、拯救人。这也是中华民族优秀的道德传统。在徽州，人与人之间表现最为突出的就是谦和与谦让，在行为方式上体现的是处处替别人着想和考虑。徽州黟县西递村大夫第在建造时，考虑到乡人行走的方便，特别在其转角处后退了一点，并在门楣上刻下"作退一步想"，这既反映了主人的为人原则，又反映了主人的实际行为。还有徽州的水口、徽州的园林、徽州的廊桥、徽州的商道、徽州的祠堂、徽州的戏台、徽州的路亭，直至今日，有相当一部分还保存得非常完好。它们既是徽州的重要文化遗存，又是现代黄山发展旅游的重要资源。这些古代徽州的公益性设施，虽然随着现代生活方式的改变其功能和作用大多已失去意义了，但其中所包含的"仁爱"的理念，依然闪耀着最耀眼的光辉，温暖和启迪着徽州的后生。

  爱人其实也包括爱自己，洁身自好是中华民族的传统美德，也是徽州人的行为追求。"穷则独善其身，达则兼济天下"，所有成功的徽商和徽匠都有一个共同的特质，就是甘于清贫、甘于寂寞，勇于拼搏、勇于付出，严于律己、宽以待人，

勤于思考、勤于努力，追求成功、追求卓越。"捧着一颗心来，不带半根草去"，这是徽州一位受人敬重的教育家陶行知的一句至理名言，也是徽州人廉洁律己的心声。

虽然徽州作为地域名称已渐行渐远了，然而，作为地域文化的徽州依然绵绵不绝，代代传承。我们有理由相信，古老徽州的平安文化之根，必将成为现代黄山旅游发展之魂。

水彩·四季

茶儿为什么这样红

初到祁门,接待应酬是一种重要的工作能力的表现。那时餐桌上免不了要喝点酒,不胜酒力的我总是害怕这样的场面。接待处的同志为了消除我的顾虑,说:"你就来点'祁红大曲'吧。"我说:"红酒也喝不了。"他们哈哈哈笑了起来。我端起杯子尝了一口,原来是一杯祁门红茶,与红酒几乎难以区分。有时,对远方不会饮酒的来客,我们会说"那就来点我们的'祁红大曲'吧",既不伤面子,又不影响热闹的气氛,主客双方会心一笑,其乐融融。

当年,生产祁门红茶的是国营和集体企业。茶叶市场放开,统购统销取消后,虽然出口的红茶数量不减,但假祁门红茶之名出口的其他地区的红茶硬生生地将祁门红茶的生产价格和销量拉了下来。最大的祁红生产企业祁门茶厂,经营效益不好,举步维艰,面临破产改制的难堪局面。当年红茶的价格又远远低于毛峰,老百姓纷纷改做绿茶,美其名曰"红改绿",似乎也是一种改革。100多年的辉煌瞬间黯然失色了,祁红人心里很不是滋味。祁门因茶而名,假如没了红茶,还有多少人知道祁门?记得我曾写过一篇名为《振兴祁红，重塑辉煌》的调研报告，刊登在当时的《安徽省情省力》杂志上。我也记不清当时在一份什么时报上，开辟专栏，开展了"祁红为什么不红"的大讨论。

祁门红茶的声名鹊起并非一朝一夕之功，它凝结着中国茶叶界泰斗级人物以及前辈的艰辛与心血。1875年，余干臣从福建解甲归田，在西路历口一带改制红茶。几乎同时，胡元龙也在南路平里制作红茶。因为是借鉴闽红的制作方法，因此只能称改制。在1915年巴拿马万国博览会上，祁门红茶力压群芳获得金奖，这一下惊动了当时的北洋政府，北洋政府随即决定在祁门选址成立茶业改良场。1915年，受北洋政府的派遣，陆溁在安徽祁门南乡平里村建立农商部安徽示范种植场，1917年改名为农业部茶业改良场，1936年迁至祁门县城。这是中国第一家国字号茶叶科研生产机构，吴觉农、胡浩川、冯绍裘、庄晚芳等老一辈茶叶专家先后在这里工作过，直至新中国成立后该机构更名为安徽农科院祁门茶科所。当时祁门茶厂厂长何胜利给我讲述他出访日本时的感慨，他说，一位日本朋友听说他是祁门茶厂的厂长，一下跪在他的面前行跪拜礼，当时他又激动又有点难为情。他说，那不是出于对他本人的景仰与尊重，那是缘于对祁门红茶的崇拜与认同。

中国各地生产的红茶很多，如福建的闽红、广东的英德红茶、云南的滇红、江苏的宜红、江西的浮红等，国外还有印度的大吉岭红茶、斯里兰卡的乌瓦红茶。为什么祁门红茶能力压群雄被称为"茶中英豪"、力压群芳被称为"群芳最"呢？我想，独特的自然环境、良好的气候条件以及优质的茶树品种是重要的原因。我曾将祁门的自然与人文环境概括为四句话：两大地质板块碰撞地带、两大生物群落混生地带、两大江河分流地带、两大地域文化交融地带。"两大板块"是指华南地质板块与扬子地质板块。这一区域又称"江南古陆"。祁门位于古陆的北缘，元古界的老变质岩风化强烈，岩土细腻，有的甚至可以做陶瓷原料，这是产好茶叶的土壤条件。祁门拥有国家级自然保护区牯牛降，植被覆盖率很高，号称"华东动植物基因库"，南方生物与北方生物在此都可以找到，这是茶叶的共生条件。大约有两股水发源于牯牛降和大洪岭，一曰秋浦河，一曰阊江，一条向西流，一条向南流。祁门山多，沟谷便多，由于山多人少，茶树多种植在沿河两岸，俗称"洲茶"。两岸河漫滩土质肥沃，水汽充沛，这样的茶叶肥厚多汁。"两大地域文化"是指吴越文化与荆楚文化，这可能对制茶、饮茶有一定的影响。

　　红茶的问世是一种意外，还是为了利于保存而刻意为之，在我心中一直是个谜。

在那个科技不发达的年月，我们既没有真空包装技术，又没有保温保鲜技术，但老百姓在长期的生活生产实践中创造了许多保存食品的方法：腌制、烟熏、窖藏、油封油炸、脱水制干、发酵、霉变……所有这些都是为了让食物存放的时间更久些，便于运输与交换。而这些食物经过处理，不仅能保存一定的营养成分，而且更加可口，别有一番风味。比如徽州的霉干菜、香菇、木耳、臭豆腐、臭鳜鱼。这是对自然馈赠的一种珍惜，也是一种生存智慧。红茶的制作灵感来源于此吗？

我们根据发酵程度的深浅，将红茶、乌龙茶、绿茶区分开来。发酵是制作红茶的一道最为重要和关键的工序。那么认识红茶仅此而已吗？这也是我的困惑。现如今，厂家为了强化品牌效应，给茶叶冠以非常形象而又诱人的品名与商标，比如金骏眉、祁眉、大红袍、天之红、工夫红茶、红香螺、红毛峰……从这些名称中我们很难区分红茶的优劣，甚至连产地都模糊了。

再次走进祁门，走进祁红故里，我既感到欣喜，又感到一丝丝隐忧。欣喜的是，红茶正在被大家所接受所认可，红茶的价格也上去了，18万人口的小小县城竟有300多家私营企业和个体作坊制作红茶；红茶的品牌价值正在提升，红茶生产的机械化程度和标准化正在提高；老朋友相见依然古道热肠，开怀畅叙。让人担忧的是，中国最早的茶叶研究所从祁门迁出，最美的一片茶叶研究基地正在被蚕食；祁门红茶中屡次获得金奖的工夫红茶做的人越来越少了；市场的逐利行为正在混淆人们对红茶品质的认知。

来到祁门正阳茶厂，来到祁门祥源茶业公司，特别高兴见到了陶自富、陆国富。他们曾在国营茶厂做了几十年外贸红茶，现在依然活跃在制茶一线。陶自富自办正阳茶厂，为了保证茶叶的新鲜度，把茶厂建在山里，坚持用传统工艺制作工夫红茶，保持祁门红茶的醇正味道。他说，有人把"工夫红茶"误为"功夫红茶"，虽一字之差，却反映出制茶者的一种心境。"功夫"着眼于制茶人的技能与本领，而"工夫"则侧重于制茶的时间概念以及精制细作的过程。哪有什么翻样花新的新品？红茶只有粗制与精制之分。再美的包装，再好的概念，如果没有风选，没有拼配，没有陈化，那都可归为粗制红茶，如今的红香螺、红毛峰是也。工夫红茶做的是一种标准，是一种配方，是一种生化过程，它有经验的价值，它有时间的味道。当年我参观祁门茶厂，何胜利将从国外带回来的包装给我看，我惊讶，这不就是国内的药瓶药盒吗？假如没有时间的等待，没有拼配的工艺，没有等级的选择，祁门红茶还会那么香、那么红吗？

外销的祁门红茶总是加一行英文"Keemun Black Tea"，直译为"祁门黑色茶"。为什么呢？因为纯正的祁门工夫红茶成品茶样呈黑色。从血液的凝固过程我们可以想象红茶的变化奥妙，血液是鲜红的，一旦凝固干结就变成了黑色。红与黑竟然可以如此集于一身，相互转化，这就是红茶变化的奥妙。

夜晚，行走在小城的街道上，行人依然熙熙攘攘、行色匆匆，特别怀念那时随处可见的茶馆、茶坊，我们常常入座其中，亲手泡一壶好红茶。"己所不欲，勿施于人。"陆羽在《茶经》中以同等重要的篇幅论述制茶与饮茶。望着闪烁的霓虹灯光，我在想，假如有一天小城饮茶的人多了，祁门的红茶就真的红了。

春寒

　　平日一向清静的小城，今年似乎更加冷清了。春节、元宵节首次禁燃烟花爆竹，空气质量好了许多，噪音少了许多，可节日气氛却淡了不少。"新年纳余庆，佳节号长春。""爆竹声中一岁除，春风送暖入屠苏。"没有喧嚣闹腾的爆竹烟花提醒，似

乎感觉不到时光的流逝，找不着告别旧年的那个节点了。春寒多雨水，连绵不断的阴雨天气更加重了春节的冷清，人的心情似乎都是湿漉漉的。

春节恰逢立春，元宵正赶上雨水，难得遇上这样巧合的年份。因小城冷清，便想到去乡下走走，想到了黟县，想到了石亭，想到了拾庭画驿民宿。旅居徽州40年，我游历了徽州的山山水水、村居街巷。其实爱一个地方，理由很简单，完全是心理上的一种美的感受。喜欢黟县，是因为它的精致之美；喜欢石亭，是因为它依然完好地保留着农耕时代的田园之美；喜欢拾庭画驿民宿，是因为它的空间格局处处充满艺术韵味之美。

远远望见村口一座方方正正的亭子，便知快到石亭了。亭子砖木结构，外表崭新，猜想当是重建的。石亭从何而来？原先的亭子是石料砌就的吗？还是小亭离县城十里地？这些已经不得而知了。亭子似乎没多少功用，内部空荡荡的，连个歇息的设施也没有，纯粹是一个标识和象征。不远处，隐隐约约还有一座云门古塔，美观古朴。徽州大地上这些看似没有多少实用功能的建筑，如亭台、廊桥、牌坊、塔楼，既是一个家族村落的公共设施，我想更重要的是，它又是徽州人的精神寄托与心灵空间。自然田园村落里有了这些设施，好像一下子气韵生动起来，给人以无限的想象空间和视觉美感。

吸引我目光的还是村口一排落叶乔木，树干笔直挺拔，枝条繁密白净，如大型广场上竖起的万国旗迎风飘扬，又如守护在村口的卫士

俊逸洒脱。徽州的水口很少有这样的树木，一般多见常绿的树木樟树、楮树，或者是根系发达的枫树、水杨树。然而，在徽州新安画派的水墨山水中经常会见到以这样的树木入画，代表一种古朴、冷峻、萧条、荒寒的主题格调。查阅资料后方知树名——江南桤木，俗名"水冬瓜"。

念旧，可能是随着年龄增长而产生的一种心理偏好，抑或缘于对环境快速发展变化的恐慌或不适应，我越来越喜欢徽派古民居就是一个例证。当年我从事野外地质工作，常年住在这种老屋子里，总觉得怪怪的，幽闭阴暗，潮湿阴冷，房中央还有一个天井，让人看了不寒而栗，真的害怕有天物飞落下来。这些年老屋拆了不少，塌了不少，才觉得弥足珍贵了。徽派民居其实是徽州人的一种生存哲学和生活方式。高墙深院，体现徽州人内敛含蓄的性格特质，财不外露，富不出头；天井、马头墙体现与自然和谐共生的理念，天人合一，防患于未然；精美的门罩和雕刻艺术，体现徽州家族家庭的整体形象和社会地位。走进石亭，依然可以见到保存完好的徽派古民居，流畅的线条、斑驳的外墙、马头屋檐、小楼花窗，在青山绿树的映衬下，越发美得有韵味，像一个风姿绰约的美人，让人怦然心动。

我已经是第三次走进拾庭画驿了，每一次都给我新的感受与感动。服务员给我端上一碗热气腾腾、绵柔滑润的汤圆，勾起了我久远的记忆。儿时，妈妈会把一枚硬币

包进一个汤圆里，谁要是吃到含有硬币的汤圆就特别兴奋，代表这一年会有好运气。那种虔诚的仪式感我至今记忆犹新。感谢主人的用心，感谢主人的祈福。汤圆或元宵，代表一种圆满、团圆，这是中华传统文化待人接物的最高礼遇了。

生活的圆满不仅仅体现在饮食文化上，在徽州更重视和讲究居室文化。

居室文化其实是对人们生活空间的一种美化，亦即空间美学。拾庭画驿是对一座徽派古民居的改造与利用，我欣赏主人对居室空间的把控与艺术设计。一幢老房子华丽转身成为一座庄园，在这个客栈里，不同兴趣爱好的人都会找到自己栖身的空间。仅庭院就有四五个不同类型的空间样式，穿梭在这些庭院里，我仿佛看到达官贵人私家园林的影子、文人墨客寄意山水的场景、隐退乡野的士大夫悠然自得的茅舍竹篱。"岁寒三友"松竹梅、"四君子"梅兰竹菊随意地分布在庭院里，体现了主人高雅情趣的追求，同时也是中国文人的精神寄托。

夜幕降临，天空下起了小雨。庭院的石板路在雨水的浸润下油光发亮，周边的灯光隐约朦胧，远处不时腾起璀璨的烟花，好一个春雨绵绵的元宵之夜，好一个诗情画意的徽州客栈。我的心似乎一下被温暖了，早春的寒意被一扫而空。

谷雨话茶

"开门七件事，柴米油盐酱醋茶"，这是中国农耕时代居家过日子必需的生活资料。其实，对于一个生活在平原地区的农家，必备的只是柴米油盐，酱醋茶算是奢侈品了，记得小的时候只在春节前到镇上的供销社买一点，作为招待客人之用。

儿时也不觉得茶好喝，能有白开水喝，已觉可口甘甜了，大多是舀一瓢井水解解渴。村里的一位生产队长，做农活是一把好手，农闲时帮农户杀猪宰牛，手头比较宽裕，

常年手中捧一把紫砂壶，引得众人啧啧，年轻后生忍不住会揭开壶盖闻上一闻。我到县城上学那会儿，爸爸单位招待所的一位老所长，平时就好一壶茶，夏日早晨天一亮，他将桌子端到门外，一壶茶，几碟茶点，茶喝完才用早餐。那时觉得茶就是生活富足殷实的一种标志，也体现了一个人的生活品质和生活品位。

从小我就没见过茶树，也不知茶是如何制作出来的。有一年爸爸买了两张表现茶园和制茶的年画，我特别喜欢，听着轻盈欢快的《采茶舞曲》，顿时心花怒放，展开了无限想象的翅膀。后来我来到皖南屯溪小镇工作，从此便与茶结上了缘，生活在茶的故乡里了。

茶是徽州的半壁江山，茶是徽州人傲视群雄的资本。熟悉徽州，得先从熟悉茶叶开始，理解徽州人的生活，也得从茶叶入手，享受徽州的品质生活，你得学会鉴茶、品茶。当年，茶、瓷、丝绸可以说是中国对外贸易的硬通货。那时，英国上流社会风行的下午茶，其主要品种就是来自徽州的祁门红茶。

中国是茶的国度，不同的地域生长生产不同的品种，品质也不尽相同，各有千秋，各领风骚。在茶叶王国里，徽州茶是个大家族，是名门望族。不同时期、不同机构组织名茶评比，十大名茶中徽州都要占据三至四个席位。黄山毛峰、屯溪绿茶、祁门红茶、太平猴魁、休宁松萝是茶中骄子，蜚声海内外。

为什么徽州的茶品种如此之多、品质如此

之优？不同的人会给出各自充分的理由和合理的答案。旅居徽州40年，对于茶，我有一种虔诚的礼与敬。在与徽州茶农、茶商、茶艺同人的交往中，我渐渐地对茶有了些许认识。徽州是一个具有十分独特的自然地理和人文的单元，位于北纬30度"神秘线"上，南北两种生物群落在此混生，地质地貌复杂多样，气候四季分明，温暖湿润，最适宜茶树生长。

古人论茶，谓茶，曰荼，曰槚，曰蔎，曰茗，曰荈。上品生烂石，中品生砾壤，下品生黄土。凡艺而不实，植而罕茂。法如种瓜，三岁可采。野者上，园者次。阳崖阴林，紫者上，绿者次；笋者上，芽者次；叶卷上，叶舒次。阴山坡谷者，不款项堪采掇，性凝滞，结瘕疾。"烂石"其实就是风化强烈的花岗岩、火山凝灰岩，生长于此的如黄山毛峰、太平猴魁。"砾壤"就是半风化的老变质岩地区，生长于此的如祁门红茶、休宁松萝。"黄土"即中生代红色砂岩以及第四纪残积层土壤，生长于此的如屯溪绿茶。当然，这是指同类茶生于不同土壤的优劣。其实不同品类的茶难分高下，只是每个人的喜好不同而已。

接触的茶叶多了，便会发现一些有趣的现象：茶与土壤有关，与水系也有关系。徽州大致有以下几股水：新安江水系流经休宁、歙县，这一带多制作炒青型绿茶，茶叶呈球状；阊江水系流经祁门、浮梁境内，这一带多制作发酵的红茶，茶叶呈碎末型；青弋江水系流经太平、泾县，产太平猴魁，茶叶呈片形；黄山周边支流多产黄山毛峰，烘制，茶叶呈条索形。这只是个人对茶叶与水系关系的一个猜测，缺少佐证与依据。

徽州茶在发展的过程中，也受到外来茶叶制作的影响，如休宁南部地区生产的新安银毫，江西称之"得雨活茶"；歙县东部生产的顶谷大方，据说是龙井茶的前身；歙县大谷运一带生产的银钩茶、菊花形状的茶，以及在茶叶中添加株兰、茉莉花等，都是在制茶工艺上的改进与创新；还有值得一提的是绩溪金山时雨，以毛峰原料用炒青方式制作，易于保存；祁门南部芦溪一带所生产的安茶，为半发酵茶，灵感似乎来源于普洱茶；婺源茶为屯溪绿茶的一大类，多炒制而成；太平猴魁是茶中另类，完全烘制，不揉捻，简单碾压成形，全手工，人力成本高，口感醇厚，价位也高；还有诸如歙县蜈蚣岭的白茶与安吉白茶是否同源，不得而知；黟县的黑茶，我一无所知。

茶是饮品，有一定的养生和药用功效，但我认为不可无科学依据地去高估其实用价值，因为茶叶的生长环境与制作方式都发生了巨大变化。对于茶道，我知之甚少，据说有许多讲究，器具、水质、温度都要把控好。还是那句话："萝卜青菜，各有所爱。"一些年轻人已经不大习惯喝茶了，外来的饮品以及生活方式正在影响这一群体。有专家说，人的味觉发育是一个渐进的过程，先甜至酸辛至辣再到苦涩，无怪乎我现在对茶越来越喜欢、讲究了。

谷雨是一个节气，对于茶，它又是一个重要节点。绿茶有雨前、雨后之分，其口感大不一样，又称"春茶"。用立夏后所采叶制成的为夏茶，夏至后为秋茶。徽州有民谚："春茶苦，夏茶涩，秋茶好喝摘不得。"关于茶，历朝历代多有论著。我谨以此文感谢那些制茶大师给我们带来的味觉享受，也诚邀五湖四海的朋友来徽州亲手泡一杯好茶。

记忆的味蕾

又到了谷雨时节,我想到了徽州的茶事,想到了黄山毛峰、太平猴魁、祁门红茶……身在黄山时,身在职场时,每天一杯清茶,并不觉得有什么特别。可当身处异乡时,日子闲暇时,记忆的味蕾好像在生长、发芽,特别怀念徽州茶那种熟悉的

味道。最近喝了朋友送来的上等碧螺春、龙井时令新茶，包装的精致、做工的精细、嫩芽的精美，让我看着都有点舍不得打开，怕受用不起这样名贵的奢侈品，可喝着总感觉不是那个味。

茶，既是一种生活品，又是一种奢侈消费品。人们常说"柴米油盐酱醋茶"，说的是前者。如果说"琴棋书画烟酒茶"，那么说的就是后者。在我儿时，普通的家庭哪能消费得起茶？也就是在春节买一二两茶招待客人。那时贮藏条件差，茶叶的清香味早没了，也不觉得茶叶好。这些年生活、工作在徽州，烟不沾，也不胜酒力，茶倒是长年不断，坚持每天一杯。说不上讲究，也不凑合。谷雨前后，我总会去原产地买一点时新的春茶，价格实惠，茶叶也地道。

生活在徽州，如果要熟悉徽州、了解徽州，甚至融入徽州，你得学会喝茶、品茶。茶可以说是徽州的根脉，是徽州人的生活来源之一和傲世的资本。明清两代，徽州人经营盐与茶，富甲一方，创造"无徽不成镇"的传说。新中国成立后，公私合营，徽州每一个县都有一个国营茶厂，所生产的茶叶大多外销，为国家换取大量的外汇以支援社会主义建设。那时能进茶厂工作是无比光荣和自豪的事情。茶叶也是统供统销商品，市场是不允许自由交换买卖的，限制供应。

近距离地接触茶叶，还是在改革开放后，那时放开了对茶叶的限制，取消了茶叶的各项税与费，允许私人加工、制作、销售茶叶。徽州茶叶真可谓是百花齐放、百家争鸣，古为今用、洋为中用。在徽州生活这么多年，徽州茶叶的品类到底有多少我并不完全清楚，茶叶品牌更像雨后春笋，数不胜数。其中既有坚持用传统工艺制作，以传承老字号为己任的，又有创新茶叶制作方法，与外界联手创制新品牌的。

茶圣陆羽在《茶经·八之出》之中评述各地茶的品质时是这样说的："浙西，以

湖州上，常州次，宣州、杭州、睦州、歙州下，润州、苏州又下。"歙州，徽州的前身；睦州，相当于现建德、桐庐、淳安一带；润州，今扬州。这样的评语，放在现今谁也不会服气。并不是说陆羽偏袒谁，也许那时各州所进贡的茶，并不能代表是最好的。歙州那时所进贡之茶出自婺源。唐时，徽州还近乎蛮荒之地，所产茶叶有限，名品更是有限。

徽州茶真正走出大山，走向世界，还是在明清两代。特别是在清代，徽州茶大量外销欧洲各地，声名远播。祁门红茶、黄山毛峰、太平猴魁在万国博览会以及国家级历次评比中屡屡斩获金奖。从种茶、制茶的历史来看，徽州是后生，为什么不过百年，徽州茶即能后来居上？徽州茶的背后究竟有怎样的秘密？

还是顺着《茶经》的脉络进行梳理吧。其实《茶经》就说了三件事：其一，茶事，说的是如何种茶、制茶；其二，事茶，说的是如何泡茶、饮茶；其三，故事，关于茶叶的故事。茶的品质的决定因素是环境。中国是茶叶王国，但茶叶生于南方，也就在北纬20至40度左右，而北纬30度是一条地球"神秘线"，四季分明，温度、湿度最适宜茶树生长，这是徽州的气候条件。徽州在一个不大的地域空间里，有三个多样性：一是生物多样性，二是岩石土质多样性，三是水系流向多样性。为什么徽州茶有如此之多之醇的香气，有如此之多的加工方式和品类？从这三个方面可以找到答案。

制茶技术随着科学技术的进步以及人们生活方式的变化也在不断地改进。徽州茶，从大类来说属散茶系列，细分有发酵、半发酵、不发酵茶，从颜色上分有绿茶、红茶、黑茶、白茶。绿茶中又有烘青、炒青之别。现代人讲究时鲜，从时间上分，有春茶、夏茶。因气候原因，徽州一般不采秋茶。春茶又分清明前、谷雨前、谷雨后。时鲜的新茶有扑鼻的香气。氧化发酵后的老茶有醇厚的回味与陈香。在徽州这个大气候条件下，小环境是决定茶叶品类的重要因素。我曾做过一个试验，茶季时我让祁门一位茶叶老总拉一车鲜叶到徽州谢裕大茶叶公司，用他们的机器、人员，用同样的方法制作毛峰，并与之进行对比。回来的同志告诉我："人家的茶叶是黄绿色的，我们的是深绿色的，还有点发黑。"我说这就对了，祁门茶叶就是做红茶的料，记得当时我还写了一篇要重现祁红辉煌的文章，因为那时祁门正热衷"红改绿"。同为绿茶，太平猴魁采摘时间晚，用碾压代替揉捻，其香天成，其价也不菲。徽州茶叶娇嫩的，一般烘制，取其自然清香；茶叶肥厚的，一般炒青，取其味醇汁浓。

徽州人能制作一手好茶，但不善饮茶，与福建、广东一带相比似乎欠缺了许多。也许，茶叶是徽州人的收入来源，他们舍不得享用，只是用以换取生产生活资料。也许，徽州可享用的东西太丰富了，茶，算不得是一种享受。陆羽可是把饮茶放到很高的人生层次上，把饮茶看成是一种修行。同是物件，制茶的谓之具，饮茶的谓之器。做人

要成器，不知根由是否从这里而来。

品茶、鉴茶，同一品类可以评出优劣，不同的品种很难分出高下。茶叶的制作也从手工制作走向机械化甚至智能化，茶叶有了更加稳定的品质保证。茶树生长在不同的水土条件下，茶叶的制作方法是劳动人民经过长期的摸索得出的，甚至是从失败中得来的。现如今拥有良好的保鲜技术，时鲜的绿茶越来越受人们喜爱了。不同的茶叶在制作过程中，其芳香类、酚类、咖啡因等物质是此消彼长的，因此不同的茶适合不同的人群，但总有一款茶适合你。

关于茶，历朝历代有许多论著，徽州每天也在上演着关于茶叶的故事，在我们的生活中每天也有许多关于茶叶的逸闻趣事。关于茶，我们不能用一种简单的概念笼统论之，要学习陆羽，善于讲好新时期茶叶的故事。

流年陈香

河水沿着蜿蜒曲折的山谷向前流去，两岸的山峦郁郁葱葱。裸露的河谷像一条金黄色的项链镶嵌在如镜的河面上，枯死的树桩依然挺立在沙滩上，显出顽强的生命力。河床上的岩石被河水冲刷出一道道槽状的印痕。小鸟不时在清澈的水面上划出优美的弧线。白茅草肆意疯长，茅花盛开，泛着胭脂般的色彩。正值秋天，行走在倒湖十八弯新开的柏油马路上，路旁的村庄掩映在绿树翠林里，粉墙红瓦的民居别墅小楼非常醒目，与自然和谐协调。公路上少有车辆与行人，这是一处世外桃源，一片美丽的处女地，一块绿色的翡翠宝石。

久违了，芦溪。十几年前在祁门工作期间我曾来过这里，那是一个冬日，走的是另一条山道，清冷的山路因冰冻消解而变得异常泥泞湿滑，我们要不时下去推车，满眼是破旧的房屋。从县城往芦溪我们用了将近三个小时。那次是春节前的慰问，几乎所有的情节都模糊不清了，唯有在一家私人制作茶叶作坊门前看见一床厚厚的被褥盖在热气腾腾的茶叶上，成了挥之不去的记忆。什么茶叶制作竟要用上居家过日子必备的床上用品？总觉得有点突兀，有几分不雅。随行的同事告诉我，这是当地人在制作安茶。从此，安茶在我心中成为一团解不开的谜。

芦溪是祁门南部最边远的一个山乡，与江西浮梁接壤，倒湖是祁门阊江流入景德镇昌江的最后一段水域，据说是徽州海拔最低的一个标高点，故称"倒湖"。皖赣铁路穿境而过，设倒湖四等小站。芦溪傩已申报了国家级非物质文化遗产。芦溪的安茶也渐渐被人们所熟悉、所接受、所喜爱，全国绝大部分城市均有销售网点，东南亚一些国家依然是安茶行销的重点地区。安茶也成功申报了国家地理保护标志。

江南春安茶厂位于芦溪村村头，这是一个长方形的院落，前后两栋建筑便是制作、存放安茶之地。厂长汪升平早早在门口等候我们的到来，他是汪氏茶家第十二代传承人。前面一栋二层楼的建筑，楼上办公，楼下是存放安茶以及编制竹篓包装的地方。后面一栋高大宽敞的厂房是制作安茶的地方。秋日，徽州的茶事早已结束了，可这里的茶农正紧张地忙碌着。熏蒸、装篓、打包、复烘，这是精制安茶的最后几道工序。厂里员工中将近一半是年逾古稀的茶农，虽然岁月在他们脸上留下痕迹，但他们依然精神矍铄，脸色光泽而红润，劳作起来不紧不慢、不急不躁。从他们安然而又慈祥的脸庞上，我似乎看到了安茶的影子，以及历经岁月风霜雨露的品质。

十九年过去了，茶叶的制作、包装与存放发生了巨大的改变，从手工制作到半机械化，从机械化发展到智能化，包装从密封到塑料真空，到小罐茶包装，存放从低温干燥到冷藏，茶叶的制作成本逐年攀升，茶叶包装的形式也在花样翻新。我看到一个个大小不一的精美的竹篓、竹筛、竹筐，一片片绿色鲜艳的箬叶，一床床棉被依然覆盖在复烘的茶架上，无论是蒸还是烘依然使用木柴木炭。唯有安茶还在坚守茶叶的传统手工制作。

听着汪厂长的介绍，看着眼前的场景，谜底渐渐揭开了。安茶的制作其实是自然与人工、时光共同作用的过程。上等安茶取谷雨前芽蕊与嫩叶，晾干后，经加热后揉捻，理条后烘干，这是安茶制作的第一道程序，其实就是炒青的制作过程。对于安茶来说，这只是毛料。待到立秋之后，将毛料取出，再次放入锅内补火，择天气晴好的夜晚置于户外夜露，并翻动使其均匀受潮，次日清晨收回，这称"软化"。补火是为了萃取茶香，软化是为了退去燥火。软化后的毛茶再放入铁锅内加热，俗称"熏蒸"。蒸好后便趁热放入垫上箬叶的竹篓里，一篓约一斤茶，捆绑好一摞的篓子，便放在专用架上，底下是烧红的木炭，上面是厚厚的棉被。收水烘干是一个缓慢的过程，让箬叶、竹的清香与茶充分融合，产生交代作用，使茶叶更加醇香。烘干后的茶叶依然不能上市，至少要存放两年才能出厂，这又叫"陈化"。安茶，经历了云雾的洗礼、手工的揉捻、秋露的滋润、高温的熏蒸、烟火的烘焙、岁月的等待，终于成就了金刚不坏之身。可以说安茶才是真正的工夫茶。

主人打开一篓2012年生产的

安茶，外形紧索、颜色黝黑的茶叶冲泡后，汤色微红泛黄，品上一口，很像普洱，又略带槟榔的味，散发一种陈年的香味。这让我想到徽州的霉干菜，样子丑陋，却是徽州的当家菜肴，霉干菜烧饼、霉干菜扣肉，想想都会流口水。茶叶一般以新鲜为贵，唯独安茶以陈年为贵。独特的地域环境、特别的制作工艺，使得安茶易于贮存，具有陈香，味涩生津，而且还有驱热避暑的功效，深受广东及东南亚一带的青睐，甚至被尊称为"圣茶"。安茶在东南亚一带称"安徽六安笠仔茶""矮仔茶""安徽六安篮茶""陈年六安茶""老六安茶""旧六安茶""徽青"等。安茶产于祁门芦溪一带，只能说属于安徽，与六安地区实无关系，之所以称六安茶，也许只是安徽与六安在地域概念上的模糊所致。安茶起源于何时，有说明末，有说清乾隆年间，这已经不重要了，重要的是祁门在20世纪80年代恢复了生产并获得成功。安茶的制作是意外事故所致，正如徽州的毛豆腐、臭鳜鱼，还是一种创新，抑或仅仅为了解决茶叶长途贩运的贮存问题而刻意为之，其中的艰难探索和深藏的奥妙我们依然不得而知。

安茶的制作看似简单随意，就地取材，然而，我以为它不仅仅凝结了祁门人的聪明智慧，更重要的是它产于独特的地理环境。深度风化而又肥沃的土壤、低海拔的小气候环境、高森林覆盖率、优质的水源条件、无任何工业污染，所有的这一切共同成就了安茶的品质与功效。随着岁月的流逝，安茶历久弥香。

水彩·四季

暮色中的工厂

冬日的一个午后，与朋友漫步在一处废弃的老旧厂区。朋友自广州来，是一位热爱大自然的都市丽人。她在生活美学方面具有较高的造诣，对传统工艺和现代艺术能够巧妙混搭，同时也是一个对吃很有讲究的美食家。老旧厂区当年的俱乐部已经被她改造成一处书馆、咖啡吧、苎麻艺术作坊和一家名为"和颜粤色"的粤菜、徽菜混搭的餐厅。可以说这里是她混搭艺术、生活美学、时尚工艺的一个试验区，一个情怀、一个梦。

老旧厂区位于皖南中心城区屯溪东郊的一个山坞里，此地地名就叫"坞里"，厂名"向东厂"，最初也就是一个只有数字番号的厂名——八三七一厂，是一家以生产无线电元件电容器为主的三线厂。"三线"是一个具有地理概念、国防概念以及时代概念的特定用语。20世纪60年代中期，世界风云变幻，面对复杂多变的外交形势，加强国防建设，备战备荒，随时准备迎接战斗，成为那个时代、那一代人的共识。从国防着眼，我国将版图画出三条线：沿海、边疆为一线，内陆省份为三线，介于二者之间的地区为二线。在三线建厂的称"大三线",在二线内迁分迁建厂的称"小三线"。向东厂是由上海内迁皖南山区,可以说是小三线厂,所生产的元件器材冠以"上海"标识。根据"靠山、分散、隐蔽"的要求,整个皖南的大山深处有几十家这类性质的工厂。

依稀记得20世纪80年代初,我所在的同样是用数字番号命名的地质队与向东厂进行了一场篮球友谊赛。夜晚,解放牌敞篷汽车载着我们沿着漆黑的山道前行,一进厂区,灯光球场格外明亮,人群已围满球场。我是上场球员,心里一直想着如何打好比赛,对厂里的情况可以说一无所知,留给我的最初印象,这是一个体育活动设施特别、灯光设备超前的地方,是一个文明时尚的小社会。

由于从事野外地质考察工作,我对于地形方位的辨识并不困难。郊外的山一般不会太高大,因此,形成的沟谷也并不深、大,所有沟谷大致都呈树枝状。坞里只能算个"小树枝",在一条"主干"的沟谷和"侧枝"的小山谷里,盖满各种功用不同的建筑。沟谷出口处也是厂大门,大门里头这一区域是工厂俱乐部所在地,原来的灯光球场只剩下两个吊着的水银灯罩,原来感觉气派的场地似乎小了许多,显得特别逼仄,不知是我见得多了,还是那晚灯光的烘托。标志性的三层楼当年可能是厂部办公大楼。紧挨着的精致平房可能是商店、托儿所所在地。往里走便是一座宽敞高大的二层楼,楼上可能是大礼堂,楼下是饭堂。接下去便是工厂的生产车间,在"侧枝"的沟谷中则分布着干部职工住房以及贮存生产材料和产品的仓库,还有洗浴用房。向东厂大约在1985年全部撤出交由地方,所有人员全部返回上海,当年连带家属,小山沟容纳2000多人。从现在留下的建筑物,可以想象当时人们生活空间的狭小拥挤。

30多年过去了,厂子虽然近在咫尺,但我从未光顾过,甚至在记忆深处渐渐淡忘

了。人去楼空，在经历风雨侵蚀和人为损伤后，许多建筑已破败不堪，杂草丛生，有的甚至倒塌了。这些建筑的用料与样式以及装饰在当时是何等时尚、何等气派、何等高大，对比当地的建筑，一眼就能辨别这是三线厂的房屋，是上海人生活过的地方。当年我刚到皖南，许多农民会讲一口流利的上海话，生活做派和穿戴颇有上海人的味道，当时令我特别惊讶不解，现在想想，也许是三线厂的迁入在当地产生了潜移默化的影响。

在历史的长河中，20年转瞬即逝，似乎只是一朵小小的浪花。然而，在人生的历史中，20年是一段黄金岁月。一个人的20年，可以影响一个家庭，影响一代人甚至几代人的命运。50多年前的那个决策，是功是过，难以做出判断。在这世上，许多事永远难以有个完美的结果，也无法给出准确、完整的答案。50多年前那一代人的精神永远是一笔宝贵的财富，那一代人的选择是值得尊重与赞美的。国家的需要、人民的需要，就是自己的选择，这一点无论社会环境发生怎样的变化都不过时。那一代人为了国家，为了国防，毅然放弃大城市舒适的工作、生活条件，有的与父母、妻儿天各一方，有的全家到深山区生活，其中的悲欢离合、其中的隐忍坚守、其中的默默奉献、其中的艰难困苦，我是局外之人，很难用言语去诉说。对于青春的选择，在我所接触的不多的三线人中，他们只有感叹，却从未后悔。

夜幕降临了，厂区寂静极了。几百米之外的柏油马路上车水马龙，两旁高楼林立，霓虹闪烁。当我们身处和平的国际环境、和谐的社会环境、和睦的家庭环境、和煦温暖的自然环境中时，我们是否还能记得那些为我国国防事业做出重大贡献的人，那些在三线厂隐姓埋名默默做出无私奉献的人？

走出向东厂，我的心情久久难以平静。三线厂对于国家来说是一个重大事件，对于一代人来说是一种生活的变奏，对于现代的我们来说是一个认识历史、辨识历史的人文标准化石。作为实体的三线厂渐渐消失了，或被夷为平地，或重建他用，现代历史的痕迹随着岁月的侵蚀渐渐模糊不清了。在急剧变幻的社会大环境下，这些相对静止的遗址、遗迹令我们动容，给我们以别样的感受。一个个偏僻的角落，一个个凝结时代印记的符号，是一代人心灵长久的牵挂、永远的记忆，无论他们走多远，总有一条线若隐若现地伴随左右。人生中最美的珍藏，还是那些往日时光。假如可以，我愿回到往日时光，哪怕只给我一个晚上。

感谢朋友的邀约，让我看到一个在有限的情境中创造的无限的自由空间，在有限的物质空间里追求无限的变化模样，那种既熟悉又新鲜的感觉，令人着迷……

水彩·四季

洽舍问茶

又是一年春茶季节，与洪通老茶坊的方总相约去他的基地看看。老茶坊茶叶生产加工基地在徽州区洽舍乡。洽舍当年可是市区通往黄山景区的必经之地，也是商旅的重要驿站。从潜口至汤口公路，沿着丰乐河蜿蜒穿行在大山深处，虽然道路坎坷曲折，雨天经常塌方，可这是一条重要的国道——205国道。20世纪80年代，我第一次去野外地质分队走的就是这条路，那时驻地在上海黄山茶林场。如今去黄山既有快速通道，又有高速公路了，205国道沦为乡村道路，显得异常冷清，也显得更加幽静了。

那时，黄山只是一座山，也不兴旅游，黄山也只是一个疗养基地。以"黄山"冠名的物产也很少，记忆最深的就是黄山毛峰。黄山毛峰也是有其特定指向的，是指生长于黄山南麓的茶叶，也包括一部分生长于东麓的，一般海拔在500米左右的高山地带，林相为混交林，植被茂密，雨量充沛，云雾缭绕。毛峰茶一般用在谷雨前后半个月期间采摘的嫩叶烘制而成，俗称"烘青"，也曾称"黄山云雾""黄山雀舌茶"。

原产地范围大致包括现在的汤口、潭家桥、许村镇、杨村、富溪、洽舍乡。

南方有嘉木，"嘉木"即茶树。"南方"也就是北纬20度至40度这一特定区域。北纬30度左右的地区四季分明，生物多样，早晚温差大，最适宜茶树生长。北纬30度也是地球上一道最神奇的线，黄山美丽的景色也印证了这条线的神奇。不知是岩土的原因，还是受不同水系的影响，抑或是茶树生长受小气候环境的制约，在1万多平方千米的地域中，竟然有多样的茶叶品种以及制作工艺，如太平猴魁、祁门红茶、屯溪绿茶、歙县顶谷大方茶、大谷运银钩茶、休宁松萝茶、绩溪金山时雨、婺源得雨活茶、黟县黑茶、祁门芦溪安茶、黄山毛峰。可以说徽州茶是茶叶家族中最繁盛的一族。

旅居黄山40年了，我一直喜欢喝黄山毛峰，那浓郁的板栗香味特别令我着迷。记得在上海黄山茶林场工作期间，一次我从高山上一片被遗弃的茶园里采回一捧鲜叶，请当地老乡手工制成干茶，茶叶呈牙黄色，叶茎上有细细的茸毛，用水冲泡后白色的雾气沿着杯壁久久氤氲，浓郁的香味扑鼻而来，喝一口如同吃一块煮熟的山芋，咽喉被噎了一下。那次的感觉让我久久难以忘怀，在以后的饮茶中再也没有出现过了，也许那时还年轻，感觉器官是灵敏的。

20世纪80年代之前，茶叶为统购统销农特产品，由国营企业生产、加工、销售，不得在自由市场交易。茶叶主要作为出口商品换取外汇。由于包装以及保存条件的限制，大宗出口的茶叶以祁门红茶和炒制型的绿茶（炒青）为主，因集散地在屯溪，这些绿茶统称"屯溪绿茶"。制作茶叶有严格的质量标准和等级评定。而黄山毛峰、太平猴魁有特定的区域和品质要求，产量少，价格高，难以保鲜，或作为贡品，或作为礼茶。

进入新世纪，茶叶市场呈现百花齐放、百家争鸣的景象，国内市场异常活跃火爆。大潮之下，洪流滚滚，泥沙俱下。为了获得更大的收益，徽州地区大多数绿茶都打上"黄山毛峰"的标识，此时，徽州也早已易名黄山了，城市名由一座山拓展为一座城、一个地区。一个具有特定质量指数的商品，变成一个指代地域范围的一般商品，黄山毛峰品牌价值岌岌可危。为了维护黄山毛峰品牌形象与地位，一批有识之士站立在时代潮头。第一个吃螃蟹的人叫谢一平，他在富溪乡成立漕溪茶厂，注册"漕溪牌"黄山毛峰，后来更名"谢裕大"，恢复传统制法，立志六代人做好一杯茶。其后有了光明茶厂，现为"老谢家茶"，老总谢四十被聘为小罐茶十位制茶大师之一。洪通老茶坊

从先祖制药中获取灵感，如果说"茶禅一味"，那么"茶药同用"便是方洪生的家传秘方，从1765年开始，九代人，一帖方。茶既是一味药，又是方剂的药引。方家人坚持用养生理念做茶，坚持把生产加工基地放在深山里，放在源头产地，坚持从炮制中药的原理中寻求灵感，在黄山毛峰的制作工序中增添了提香、闷堆两道新的流程，茶叶的香气更加浓郁，茶叶中的营养成分流失更少，冲泡后的外形更加舒展。

喜欢一个地方，记住一座城市，往往是因为那儿有我们爱的人、喜欢的物产，以及留在记忆中的味道。经历了商品市场的疯狂阵痛后，人们更加理性，也更加清醒了。自然的馈赠是稀缺的、有限的，我们不能没有节制地索取。真正的黄山毛峰只采春叶，也只能用原产地生长的原料。对于茶叶品质而言，制作工艺尽管重要，但影响品质的关键还是原料。以外包装为噱头，以外形、颜色为标准，都是对饮茶者的误导。

回到洪通老茶坊屯溪总部，这既是一座茶叶产品展示馆，又是一个特别雅致、古色古香的茶室，不同的茶室摆放不同的茶器，显示了主人的文化品位和用心。陆羽在《茶经》中分几章讲述制茶与饮茶，但在物件上，他将制茶的物件称作"具"，而将饮茶的物件称作"器"，其中是富有深意的。制茶受制于生存生活，饮茶则是一种精神的修行与生命的拷问。茶有茶道，茶禅一味。尊重自然，尊重科学，尊重每一位饮者，应该成为每一位制茶人的座右铭。

水彩·四季

新安源流

　　两条河流在这里交汇,将小城分割成三个小镇——黎阳、阳湖、屯光,听着名字都倍感明亮温暖。也许是取汇聚水流、囤积水源之意,此地名曰屯溪,现如今为黄山市府所在地。旅居屯溪 40 年了,起初并不在意这河从何而来,又流向何方。似水流

年的小城生活，让我渐渐地喜欢上这座四面环山的小城，也渐渐喜欢上这条穿城而过的河流。岁月如梭，游历在徽州的山水间，小城与河流的影像在我的心中也渐渐地明朗起来，似乎像一棵小树渐渐长大了。

其实，一条河不就是一棵大树吗？奔流入海的巨大冲积扇是它发达的根系，源头那一道道纵横交错的涓涓细流是它繁盛茂密的枝叶，一条大河有干流，也有多条支流。流经小城的这条河被称为"新安江"，是养育徽州的母亲河。在小城交汇的两条河，一条称"率水"，一条谓"横江"，汇流而下的叫"渐江"。她的主干起点在浦口——渐江与练江的交汇处，终点在建德梅城（今严州），与发源于金华兰溪的兰江汇聚成富春江，富春江与钱塘江汇合后奔流入东海。从浦口上溯，都可称为新安江的源头。练江承绩溪登源河以及发源于黄山山脉的丰乐河，渐江承横江、率水，横江源自休宁、黟县。率水也许是新安江的正脉之故，而具统率之意，发源于江西、安徽两省交界处的怀玉山山脉，主峰六股尖在休宁鹤城乡境内，则为新安江的源头。

一条河流如同一个生命体，也有着最紧要的关口。熟悉新安江的人都知道，源头的流口、中段的浦口、下游的街口可以说是打开新安江的三把钥匙，也是最具地域特色和传统色彩的三个地方。三地皆产茶，街口辅之以柑橘，浦口辅之以枇杷，流口以木竹资源胜出。下游街口地区的三口柑橘、中段的三潭枇杷以及源头的茗洲炒青是徽州最负盛名的特色农产品。

　　40年，在历史的长河里只是匆匆一瞬，而在我的记忆里却是一段惊人的巨变史，其间人们的生活追求和生活方式发生了翻天覆地的变化。在那个人们的生产生活用具还主要以木、竹为原材料的年代，在那个将茶叶作为地方主要税源和财政收入甚至国家将茶叶作为换取外汇的大宗商品的年代，一座山林就是一个银行，一款绿茶被称为"绿色的金子"，而以丰厚的木竹蓄积量和丰富优质的茶叶著称的徽州自然引人注目，成为人们向往的地方。当年，小城最具特色的街景就是黄昏时分推着装满木箱、木盆、桌椅板凳、各式菜篮的自行车或板车沿路叫卖的山民，最为享受的就是茶厂、墨厂上空芬芳四溢的茶香、墨香。那时，我托同学从乡下买几段松木，他偷偷将木头藏在汽车的座椅下运回屯溪，像做贼似的。我感激万分，至今难以忘怀。茶叶，邮局每人限寄两斤，给亲人朋友捎点茶，成了每年的一件烦心事。

　　一种制度的变革或终结，竟然可以催生出许多新生事物或释放巨大的民间力量。20世纪80年代，国家从计划经济向市场经济转变，90年代企业从公有制向私有制转变，给以农业经济为主的徽州带来了前所未有的影响和冲击。当生活生产用具不再依赖木竹时，山区木竹的比值大幅下降。当出口商品不再依赖大宗农产品换取外汇时，茶叶便再不是奇货可居、热门紧俏的商品了。

　　为了保护生态，林木依然严格限制砍伐，按计划供应市场。茶叶的闸门则全部放开，国营茶厂纷纷倒闭，农民的积极性、创造性一下子释放出来了，茶叶市场泥沙俱下，鱼龙混杂。祁门这个以生产红茶为特色的地区，一时间家家户户改制绿茶了，美其名曰"红改绿"。2002年，我去祁门看到的最壮观的一幕是，到了茶季，成千的农户头戴着矿灯，骑着摩托车，带着夜里做好的茶叶，天没亮就从四面八方赶往县城的一

条主街道卖茶。祁门所产的茶叶适宜制作红茶，如果按传统绿茶工艺制作，则颜色发暗，外形与颜色不好看。人们大胆改良，发明一种铁制网筛，简化传统的杀青揉捻的工序，简单烘烤，保持茶叶碧绿的颜色和挺括的外形，一时间受到市场追捧。让人担忧的是，茶叶没有了工艺标准，连起码的干度都达不到，茶叶失去了它应有的功效。现在我才明白为什么那时假冒伪劣商品可以充斥市场——人们忍受物资短缺的饥渴太久了！

　　面对喧嚣热闹的茶叶市场，有一个人显得异常清醒与冷静，他就是方国强，一个土生土长的新安源人。他带头将一家一户的茶园管理起来，将一家一户的茶叶集中起来统一制作，他带头提出做有机茶并按照欧盟标准执行，他带头走出大山，走向国际市场。他的这一做法，既保护了新安源头的生态环境，又保证了传统绿茶的品质和工艺标准，同时又让山里的农民从辛苦劳累中解脱出来。星星之火，可以燎原。方国强成为那个年代第一个吃螃蟹的人，也成为茶界的拓荒者。之后，徽州出现了许多方国强式的人物，如黄山毛峰的谢一平、谢四十、方洪生，太平猴魁的方继凡，祁门红茶的王昶，松萝茶的王光熙等。

  清明时节，我再次来到新安江源头，再次来到"屯绿之冠"故里，再次见到仰慕已久的茶界大师方国强，再次感受到绿水青山就是金山银山。前几年，黄山市率先提出新安江保护补偿机制，得到了安徽、浙江两省的积极响应和支持，得到了国务院有关部委的大力肯定和帮助，已经上升为生态保护的国家战略。方国强有机茶之举不正是支持这一战略的浓墨重彩的一笔吗？在鹤城看见新安源有机茶的又一座现代化新厂房正在建设，方国强依然挺立于潮头。看着满山葱绿的林木，看着遍插防虫黄牌的茶园，看着方国强如霜的头发，我深有感触：一条河流是一个地方生生不息的源，一方水土是黎民百姓休养生息的根，一个人要永远保持一种自强不息的精神。